Alper Soytürk

Tödliches Geheimnis
in London

Thriller

Satz: Erik Kinting – www.buchlektorat.net
Cover- und Umschlaggestaltung: Laura Newman – design.lauranewman.de

© 2020
Herstellung und Verlag:
BoD- Books on Demand, Norderstedt
ISBN: 978-3-7519518-5-2

Bibliografische Information der Deutschen Nationalbibliothek
Die Deutsche Nationalbibliothek verzeichnet diese Publikation in der Deutschen Nationalbibliografie; detaillierte bibliografische Daten sind im Internet über http://dnb.d-nb.de abrufbar.

Der Autor

Alper Soytürk wurde 1985 als Sohn einer türkischen Gastarbeiterfamilie in Berlin geboren. Im Rahmen seines Studiums der Islamwissenschaften lebte er viele Jahre in Ägypten, Syrien, der Türkei, im Jemen und anderen Ländern des Nahen Ostens. Während dieser Zeit verfasste er zahlreiche Reisereportagen für Fachzeitschriften. Seit 2015 ist er als Lehrer in einem Berliner Brennpunktviertel tätig. Zurzeit arbeitet er an seiner Doktorarbeit.

Kriegsverbrecher unter den Asylbewerbern
Menschenrechtler schlagen Alarm – unter Syriens Flüchtlingen in Europa sind offenbar Tausende Schergen des Assad-Regimes.

Badische Zeitung, 06.02.2017

Geheime Fahndungsdatei
Syrien hat Hunderte Deutsche auf der Liste.

Tagesschau, 08.03.2017

Kriegsverbrechen
Bundesanwalt erhebt Anklage gegen frühere syrische Geheimdienstler.

ZEIT ONLINE, 29.09.2019

Terrorgefahr in Corona-Krise
Der IS will das Chaos in Europa verstärken. IS-Netzwerk immer noch eine Bedrohung für Europa.

n-tv, 03.04.2020

100 IS-Kämpfer nach Deutschland zurückgekehrt
Mehr als 100 IS-Rückkehrer in Deutschland haben nach Angaben des deutschen Innenministeriums Kampferfahrung.

Kurier, 24.05.2020

Als der fast zwei Meter große Hüne seine Schöneberger Wohnung verließ, zückte einer der beiden Männer, die schon seit zwei Stunden hinter einer Litfaßsäule auf ihn warteten, sein Messer.

Sein Kamerad hielt ihn am Arm fest: »Lass das!«, zischte er und drückte den anderen so heftig gegen die Litfaßsäule, dass dieser kaum noch Luft bekam.

»Wie ... Wieso? Unser Auftrag hieß doch Bilal auszuschalten.«

Sein Kamerad drückte ihn noch einmal kräftig gegen die Säule, bevor er ihn losließ. »Doch nicht jetzt! Er soll uns in London zu seiner Komplizin führen. Wir brauchen sie beide.« Er nahm sein Smartphone. »Wir haben ihn. Du kannst Damaskus benachrichtigen, dass die Operation beginnt.«

Kapitel 1

Berlin, Donnerstag, 8.00 Uhr

Die Freunde trafen sich nur eine Stunde vor dem Boarding am Alex. Als Bilal mit dem Auto kam, warteten Tareq, Hischam und Levent bereits auf ihn.

»Wieso hast du deinen verdammten Bart nicht gestutzt?«, rief Tareq, als er die Beifahrertür öffnete. »Wegen dir verpassen wir noch den Flug, weil sie dich gleich ins Verhörzimmer schleppen.« Er grinste. »Wenn sie es überhaupt schaffen, einen Fleischberg wie dich zu …«

»Mein Bart bleibt lang, basta. Das ist doch ohnehin grade modern, auch in London. Jeder Hippster trägt das jetzt so.« Bilal strich sich über den Bart.

»Ja, aber in Gepflegt«, kicherte Tareq und setzte sich, während Hischam sich auf die Rückbank schob und Levent seinen Trolley und Hischams Rucksack in den Kofferraum packte.

»Leck mich, Jan«, brummte Bilal.

»Au!«, schrie Hischam. »Kannst du nicht was vorrücken?«

»Nun sei nicht gleich eingeschnappt«, schnaufte Levent, als er sich neben Hischam nach hinten quetschte. »Verdammt ist das eng hier.«

»Wer ist hier eingeschnappt?«, fragte Bilal und fädelte sich in den Verkehr ein.

»Na du, sonst würdest du Tareq nicht bei seinem deutschen Namen nennen. Du weißt doch, dass er da empfindlich ist.«

»Bin ich überhaupt nicht. Hör du mal lieber auf, schon wieder den großen Bruder zu spielen. Wir sind gleichalt«, versuchte Tareq, von seinem bürgerlichen Namen abzulenken.

»Aber ich bin geborener Moslem und du gerade erst konvertiert. Einer muss doch …«

»Hört ihr jetzt mal auf rumzunerven?«, mischte sich Hischam ein. »Will denn keiner wissen, wie es mir geht?« Er fasste sich an den Knöchel und kniff vor Schmerzen die Augen zusammen.

»Wie gehts dir, Hischam?«, fragte Bilal, ohne dabei in den Rückspiegel zu blicken, und bog Richtung Schönefeld ab. »So, erledigt. Widmen wir uns doch lieber der spannenden Frage, was wir in London alles …«

»He!«, protestierte Hischam. »Mein Knöchel tut höllisch weh! Ich hock hier hinten wie ein Affe auf dem Schleifstein.«

»Aha«, machte Tareq grinsend und sah auf die Uhr. »Schaffen wir das noch?«

»Wir haben nur Handgepäck und es ist ein innereuropäischer Flug.« Bilal zuckte mit den Schultern. »Kein Problem. Für dich ja sowieso nicht.«

Tareq ahnte schon, dass Bilal es wieder auf seinen bürgerlichen Namen abgesehen hatte. »Du siehst aus, wie der übergewichtige kleine Bruder von Abu Bakr al-Baghdadi«, sagte er, ohne eine Miene zu verziehen. »Da hilft mir auch mein deutscher Name nichts, wenn sie uns wegen dir rauswinken.«

Bilal blickte kurz zu Tareq rüber und konzentrierte sich schnell wieder auf die Straße. »Aber dafür haben wir dich doch überhaupt mitgenommen«, lachte er.

»Was bin ich hier? Der Quotendeutsche oder was? Ich mache diese Gruppe als Konvertit eher noch verdächtiger.« Tareq drehte sich kurz nach hinten zum Rücksitz und signalisierte mit akrobatischen Grimassen, dass Hischam und Levent eingreifen sollten.

Doch noch während sie rätselten, was Tareq von ihnen wollte, fiel ihm Bilal ins Wort: »Keine Sorge Bruder, du siehst aus, wie ein Kafir«, meinte er grinsend.

»Wie war das?« Tareq sah ihn genervt an.

»Bilal, du musst echt an deiner Sprache arbeiten«, brummte Hischam und schlug umständlich ein Bein über das andere, um seinen geschwollenen Knöchel zu zeigen. »Seht ihr das? Das tut so was von weh …«

»Du siehst aus wie ein Ungläubiger. Besser?«, sagte Bilal versöhnlich.

»Blödmann.«

»Pack deinen Fuß wieder ein«, fauchte Levent und gab Hischam einen Schubs. »Der wird schon nicht abfallen.«

Hischam musterte ihn demonstrativ von oben bis unten. »Du hast gut reden. Hast dich aufgebrezelt, als ginge es auf eine türkische Hochzeit und nicht auf einen Städtetrip. Während ihr einen draufmacht, kann ich hinterherhumpeln.«

»Willst du lieber hierbleiben?«

Hischam schwieg.

Tareq drehte sich wieder zu den beiden auf der Rückbank um. »Der eine sieht aus wie ein IS-Kämpfer, der andere wie ein Trauzeuge und Hischam wie aus der Zeit gefallen, mit seinem Hemd aus den Achtzigern. Ich bin der Einzige hier, der wie ein normaler Tourist aussieht. Ich werde mich in London amüsieren, während ihr das Wochenende in einer Verhörzelle verbringt.«

Hischam zupfte an seinem Hemd und verstand nicht, was Tareq an der feuerrot glänzenden Kunstseide zu beanstanden hatte.

Bilal pikste in Tareqs Bauch.

»Ein Dortmund-Trikot nennst du normal? Wir fliegen nach London und nicht nach Malle.« Bilal atmete kurz durch und sagte dann vorsichtig: »Übrigens habe ich vorhin gesehen, dass wir online einchecken müssen, sonst kostet es 'nen Fuffi extra.«

»Was? Wieso …«, wollte sich Tareq aufregen, indem er beide Hände theatralisch in die Luft warf, doch Bilal verpasste ihm einen kurzen Hieb mit dem Ellenbogen und schnitt ihm das Wort ab.

»Laber nicht lange rum, macht einfach. Die Buchungsnummern habt ihr ja alle.«

»Warum hast du das nicht vorher gesagt?«, fragte Tareq und rückte weiter zur Fensterseite.

»Weil … ist doch egal, macht einfach.«

»Scheiße. Weiß einer, wie das geht?«, fragte Hischam von hinten.

»Na klar, der Quotendeutsche …«

Tareq warf Bilal einen wütenden Blick zu, dann fummelte er sein Handy aus der Tasche und suchte die Mail mit der Buchungsnummer raus.

»Ich schick euch den Link«, brummte er schließlich.

»Was für ein Stress«, stöhnte Hischam von hinten.

»Jetzt habt euch mal nicht so. Ihr wolltet ja unbedingt für lau nach London«, meinte Levent versöhnlich.

Tareq drehte sich zu ihm um. »Das Studentenleben hat uns dazu verdonnert, am Limit zu leben: Kein eigenes Auto, nur Billigflieger und am Ende des Geldes ist noch so viel Monat übrig.«

»Ich lebe von Vater Staat«, sagte Bilal, als sei er der Einzige unter ihnen mit einem geregelten Einkommen.

»Ich verstehe gar nicht, wie du als Harzer nach London fliegen kannst.«

Bilal blickte kurz zu Tareq rüber und sah, dass er ihn mit einem Fragezeichen im Gesicht ansah.

»Hab gespart«, brummte Bilal.

Tareq sah ihn misstrauisch an, schwieg aber.

Hischam rappelte sich kurz auf und hielt Levent ein Buch vor die Nase. »Kann ich ein arabisches Buch von Sayyid Qutb in dein Handgepäck packen?«

»Was für ein Ding?«, fragte Levent beunruhigt und klopfte sich etwas Unsichtbares von der Schulter.

»Es heißt *Im Schatten des Koran* und ich befürchte, dass sie mich beim Sicherheitscheck rauswinken könnten. Ich muss mich aber für eine Semesterarbeit einlesen und wollte während des Fluges nicht untätig bleiben.« Er hielt das Buch weiterhin vor Levents Nase. Der schaute es aber nur an, als hielte Hischam sein Testament vor ihn, und versuchte, die arabischen Schriftzeichen zu entziffern. »Was für ein Ding steht da?«, nuschelte er vor sich hin. Er erkannte nur Hieroglyphen.

»Kommt Jungs, was soll das? Ihr tut ja echt alles, damit wir bei der Handgepäckkontrolle rausgewunken werden«, mischte sich Tareq mit ins Gespräch.

»Ach was, das wird schon. Da, steck du es ein, Quotendeutscher.«

Mit verdrehten Augen riss Tareq Hischam das Buch aus der Hand und stopfte es in seinen Rucksack. »Den Iraker winken sie doch sowieso raus.«

»Ich bin Deutscher wie ihr, nur meine Eltern …«, wollte sich Hischam erklären, doch Tareq fiel ihm ins Wort: »Und genau deswegen siehst du fast noch terroristischer aus als Bilal.«

»Warum bist du noch mal zum Islam konvertiert?«, fragte Hischam grinsend.

»Wenn ich gewusst hätte, dass ich mich dann mit einem Himmelfahrtskommando nach London fliegen werde, hätte ich es mir wohl zweimal überlegt.«

»Es hat sich verknallt«, meinte Levent.

»Mensch nerv mich nicht!«, fauchte Tareq und warf Levent einen bösen Blick zu.

Der hob beschwichtigend die Hände und sah lächelnd aus dem Fenster.

***

Bilal blickte beunruhigt auf seine Uhr, als sich die Schlange vor der Sicherheitskontrolle nur sehr zäh bewegte. »Wir hätten mit der U-Bahn fahren sollen«, jammerte Bilal, um seinem Unmut irgendwie Luft zu machen. »Das ist blanker Raub.«

»Hör auf zu flennen. Wir legen zusammen für das Parkhaus. Immer noch billiger als ein Taxi.«

»Öffentliche Verkehrsmittel …«

»… muss man auch bezahlen«, schnitt ihm Hischam das Wort ab. »Allein der Gedanke, mit meinem Fuß eine lange Treppe …«

»Ich hack ihn dir gleich ab, deinen verdammten Fuß!«

»Außerdem gibts ja Rolltreppen.«

»Aber nicht überall!«

»Mensch, gehts da vorne eigentlich mal weiter oder was?«

»Bleib ja ruhig«, zischte Levent.

Da öffnete ein Angestellter das Absperrband direkt neben ihnen und eröffnete damit eine zusätzliche Reihe.

»Super!«, freute sich Tareq und stürmte als Erster in den Gang aus Absperrgurten.

Sie eilten von Poller zu Poller, zwischen denen die Gurte gespannt waren, bis sie zum neu besetzten Abfertigungsband kamen.

»Klasse! Ausgeruhtes Personal, das noch gut gelaunt ist«, meinte Tareq begeistert.

»Von wegen«, brummte Bilal. »Wenn die noch ausgeruht sind, sind die nur eifriger.«

»Ach red' doch keinen Mist«, erwiderte Tareq und nahm sich eine Plastikwanne. Er legte Rucksack, Handy und Brieftasche hinein und ging zum Scanner. Ohne Piepen wurde er durchgewunken.

Levent folgte ihm ebenso problemlos.

»Mensch, super – ohne Schuheausziehen!«

Levent grinste nur, während er seine Sachen aus der Wanne nahm.

»Das ist nicht gefährlich!«, meckerte Bilal vernehmlich.

Die beiden beugten sich etwas vor, um zu sehen, was los war.

Der Zollbeamte hielt eine Dose Kidneybohnen hoch.

»Das sind doch nur Bohnen!«, ereiferte sich Bilal.

Tareq verdrehte die Augen. »Wieso hat der …«

»Flüssigkeiten dürfen nur in transparenten …«

»Das ist keine Flüssigkeit, das sind Bohnen.«

Der Beamte schüttelte die Dose.

Levent sah verdrossen zu Boden.

»Na schön, Bohnen in Tunke. Und?«

»Die können Sie nicht mit an Bord nehmen.«

»Das ist doch wohl …«

»Mensch, lass die scheiß Bohnen hier!«, rief Tareq. »Wozu brauchst du die im Flieger?«

Hischam legte Bilal die Hand auf die Schulter. »Ich bitte dich, Bruder …«

»Komm mir jetzt nicht so!« Bilal schüttelte die Faust. »Meine Eltern zahlen seit mehr als dreißig Jahren Steuern und wofür das Ganze? Damit wir für Islamisten gehalten werden?«

Der Sicherheitsbeamte trat einen Schritt zurück, als Bilal sich zu seiner ganzen Größe aufrichtete, zeigte aber ansonsten keine Regung.

Levent beugte sich zu Tareq und flüsterte. »Geh zu dem Trottel hin und sag ihm, dass er einfach nur ruhig sein soll.«

»Vergiss es, ich geh nicht zurück durch die Absperrung.«

Bilal schrie weiter: »Rassismus ist keine Meinung, sondern ein Verbrechen!«

Der Sicherheitsangestellte drückte Bilal die Dose in die Hand. »Die kann nicht mit an Bord. Entweder Sie werfen sie weg oder Sie gehen«, sagte er und sah ihn ungerührt an.

Hischam nahm die Dose und warf sie in den Eimer für Flaschen. »Ich kauf dir in London neue Bohnen«, sagt er.

»Mann, die war als Snack gedacht. Bei dem Billigflieger gibts kein Gratisfrühstück.«

»Bohnen im Flieger? Mann, Bilal …«

»In fünfzehn Minuten wird unser Gate geschlossen«, rief Levent genervt. »Jetzt mach hinne!«

Mit gequälter Miene trat Bilal nun in den Scanner. Die anderen atmeten hörbar aus, als er ohne Piepen durchgewunken wurde.

***

Hischam passierte als Letztes die Passkontrolle. Bei ihm hatte es fünf Minuten gedauert.

»Kein Wunder, Mann. Dein Reisepass liest sich wie das Tagebuch eines angehenden Terroristen. Kairo. Sanaa. Jeddah. Istanbul. Amman. Doha. Addis Abeba … Ich dachte, du studierst in Kairo an der Al-Azhar-Universität, Bruder. Was hast du in all diesen Ländern verloren?«, schnaubte Bilal.

Hischam blätterte in den Seiten seines Reisepasses.

»Ich reise halt gerne in den Semesterferien. Wir haben eine Reisegruppe mit Studenten aus allen Ländern und besuchen in jeder Semesterpause die Heimatstadt eines anderen Studenten.«

Bilal verdrehte seine Augen.

»Oh Gott, macht bitte einen großen Bogen um Berlin. Man würde euch für ein Himmelfahrtskommando halten.«

Levent gab ihm einen Klaps auf den Hinterkopf. Er wirkte dabei fast so unbeholfen, als würde er aussichtslos nach einem Buch in einem oberen Buchregal greifen wollen, denn Bilal war fast zwei Köpfe größer als er. Bilal fing an zu grinsen.

»Was gibt es da zu grinsen?«, fragte Tareq, als er Bilal ansah.

Levent wollte schon erneut ausholen, weil er dachte, dass Bilal ihn auslachen würde, doch Bilal schnitt ihm das Wort ab.

»Guck dir mal den indischen Harry Potter hinter dir an. Sieht der nicht aus, wie der indische Harry Potter? Hm? Tut er das nicht? Kommt schon, tut er das nicht?« Er pikte Tareq in die Brust und musste dabei breit grinsen, als wäre es Tareq gewesen, der ihn gepikst hätte.

»Willst du mich solange anstupsen, bis ich dir recht gebe? Das Gleiche denkt der bestimmt auch über dich: *Der sieht ja aus wie der Henker von Bagdad. Tut er das nicht? Kommt schon, tut er das nicht? Oder wie der türkische Osama Bin Laden.*«

Levent ging dazwischen: »Also ich finde das ganze Sicherheitssystem hier überhaupt nicht lustig.« Er verschränkte die Arme. »Wir sind doch nur so zügig durch die Kontrolle gekommen, weil die Sicherheitsfuzzis da in Wirklichkeit keine sind. Das sind lauter Komparsen, die uns nur vorgaukeln sollen, sie würden ernsthaft Sicherheit im Flughafen gewährleisten. Bestimmt sind das alles Ein-Euro-Jobber. Ist euch überhaupt nicht aufgefallen, dass der gesamte Bereich für Billigflieger vom Rest des Flughafens abgetrennt ist und wie eine Attrappe aussieht?«

Die Jungs schauten sich um und zuckten die Schultern.

»Was machen wir mit dem Morgengebet? Wir müssen jetzt zum Flieger«, fragte Tareq in die Runde.

»Keine Sorge. Wir können das Gebet im Flugzeug beim Sitzen verrichten«, sagte Hischam. »Schließlich sind wir Reisende«, fügte er hinzu, als könnte er es selbst nicht glauben, dass die Reise endlich losging.

Kapitel 2

Tareq blieb abrupt stehen und schaute sich aufmerksam um, als sie die Vorhalle erreicht hatten. Bilal bedeutete ihm mit dem Kopf weiterzulaufen.

»Warum habe ich das Gefühl, dass wir in Castrop-Rauxel gelandet sind und nicht in London?«, fragte Tareq.

Bilal kramte ein zerknittertes weißes Stück Papier aus seinem Rucksack. In der Mitte war eine Miniaturskizze des Stadtbildes zu sehen. »Ah ja, das hätte ich ja fast vergessen …« Er zeigte mit dem Finger auf einen Punkt im Stadtplan. »Wir sind hier.« Dann fuhr er mit dem Zeigefinger drei Zentimeter runter. »Und unser Hostel ist hier.«

»Sehr gut. Lasst uns laufen«, sagte Tareq.

»Das sind sechzig Kilometer«, sagte Bilal trocken.

»Oğlum, wo sind wir gelandet?«, rief Levent schockiert.

»Wir sind in Stansted. Heathrow war doppelt so teuer«, erklärte Bilal.

»Was heißt Oğlum?«, wollte Tareq wissen.

»Junge.«

»Hä?«

»Junge, Junge, wo sind wir hier gelandet.«

Tareq rollte mit den Augen. »Dann sag das doch gleich. Wartet hier«, knurrte er und ging auf einen Informationsschalter zu.

Die junge Sachbearbeiterin mit aufwendig hergerichteter Steckfrisur, um die sie ein rotes Tuch gebunden hatte, deutete mit dem Zeigefinger auf einen Ticketschalter gegenüber.

Dort griff eine ältere Dame mit grimmigem Blick in ein Fach nach einem Stadtplan, öffnete ihn und fuhr mit dem Finger eine Bahnroute nach. Danach faltete sie ihn zusammen und redete auf Tareq ein.

Hischam setzte sich auf eine Wartebank und massierte mit beiden Händen seinen Knöchel, bis Tareq zurückkam.

»Okay, Jungs. Es gibt um die sechs Tarifzonen in London, darum hat sie mir diese Oyster-Card empfohlen, die wir immer wieder aufladen können. Damit kommen wir aber nicht in die Stadt.« Er faltete den Stadtplan auf. »Hier, halt du das andere Ende«, sagte er zu Bilal. »Wir fahren mit der Abellio Greater Anglia drei Stationen bis zur Liverpool Street Station. Von dort fahren wir mit der U-Bahn weiter.« Er suchte nach der Adresse ihres Hostels. »Hier ist das Lime Corner. Von der Limehouse Station müssen wir circa fünf Minuten laufen.«

»Kacke«, maulte Hischam.

»Sehr gut. Wann fährt also der nächste Zug in die Innenstadt?«

»Um neun.«

»Scheiße! Noch fünf Minuten. Los! Rennen!«

Als sie merkten, dass Hischam sich keinen Millimeter bewegt hatte, blieben sie stehen.

»Okay, okay, dann nehmen wir halt die Nächste«, meinte Bilal und hob ergeben die Arme.

***

In der *Liverpool Street Station* angekommen, schoben sie sich orientierungslos durch die Menschenmassen und fragten Vorbeihetzende nach dem Weg, bis sie über diverse Rolltreppen und Gänge völlig erschöpft den richtigen Bahnsteig fanden, wo sie auf ihre U-Bahn warteten.

Es roch hier unten ein wenig nach scharfem Curry und Menschenschweiß. Von der ältesten U-Bahn der Welt mit dem größten Streckennetz Europas hatten sie etwas mehr erwartet. Sie waren gerade auf der *Central Line*, die quer vom Westen nach Osten der Stadt verlief. Mit 74 Kilometern Streckennetz war sie gleichzeitig die längste aller U-Bahn-Linien dieser quicklebendigen Stadt.

Ein roter Zug des Typs *1992 Tube Stock* schob sich durch den engen Röhrenschacht und kam vor ihnen zum Stehen. Der Waggon war völlig überfüllt.

Hischam fasste sich mit schmerzverzerrtem Gesicht an den Knöchel. Die anderen warfen ihm mitleidige Blicke zu, für echtes Bedauern fehlte ihnen aber nach einem halben Tag voll Klagen und Wehgeschrei die Motivation.

Tareq blickte auf einen kleinen rechteckigen Aufkleber: *Priority seat for people who are disabled, pregnant or less able to stand.* »Hältst du noch durch Hischam? Wenn nicht, frage ich jemanden, ob er dir seinen Platz anbieten möchte.«

Hischam stütze sich an Bilal ab. »Es ist ja nur eine Station. Ich halte das schon noch aus.«

»Echt blöd mit deinem Fuß«, meinte Levent.

»Morgen gehts sicher wieder«, murmelte Hischam.

»Was es heutzutage nicht alles gibt«, sagte Bilal und starrte auf sein Smartphone.

»Was?«, fragte Levent.

»Ein islamisches Heiratsevent für muslimische Singles.«

»Was ist das für ein Mist?«

»Tarzan zum Beispiel«, erwiderte Bilal, »wurde von Gorillas und Schimpansen großgezogen und kann keine menschliche Sprache sprechen, dennoch hat selbst er eine Frau an seiner Seite. Und wir? So wie ich das sehe, sind wir alle bald dreißig und immer noch Single.«

Levent kratzte sich am Kopf. »Wie funktioniert das? Also … nur so aus Interesse jetzt.«

»Keine Sorge Bruder. Ich verlinke dich darauf, dann hast du alle Infos, die du brauchst.«

»Hör auf mit so einem Mist. Ich wollte doch nur kurz wissen, wie das in etwa funktioniert. Jetzt will der mich auch noch verlinken.«

»Du zahlst sechzig Euro und bist dabei.«

»Das ist heftig«, meinte Tareq und versuchte, einen Blick auf Bilals Smartphone zu erhaschen. »Kann man die sechzig Euro später mit der Brautgabe verrechnen, wenn es klappt?«

»Das weiß ich doch nicht. Woran du alles denkst. Das ist doch keine Einkommenssteuererklärung, sondern die Suche nach der Liebe deines Lebens«, sagte Bilal und sah ihn ernst an.

»Viel Spaß bei deiner Suche«, sagte Tareq und ging wieder zu Hischam.

Kurze Zeit später stiegen sie aus der U-Bahn und hetzten, begleitet vom chaotischen Flackern vieler

Rollkoffer, enge Durchgänge entlang. Die Scharen von Menschen, die sich hier auf engsten Raum zügig bewegten, und die weiß gekachelten Wände, die sich über die gesamte Untergrundinfrastruktur erstreckten, vermittelten den Eindruck, man befände sich in einem Abflussrohr, das jederzeit verstopfen konnte.

***

Sie fuhren mit der *Docklands Light Railway* weiter bis *Limehouse Station*. Die Bahntrasse führte an hohen Viadukten dicht über den Dachterrassen gregorianischer Häuserbauten vorbei. Das erinnerte sie ein wenig an die Bahnlinie U1 in Berlin, wie sie durch die Oberbaumbrücke über die Spree bis zur Warschauer Straße fuhr. Ihnen fiel auf, dass die Bauten nicht sehr hoch waren, sodass sie während der Fahrt vom Osten Londons aus über die Dächer dreistöckiger viktorianischer Wohnhäuser auf die futuristischen Wolkenkratzer entlang der Themse blicken konnten.

Als sie an der *Limehouse Station* die steinigen Treppenstufen runterstiegen, sahen sie sich orientierungslos um. Vor ihnen lag eine Kreuzung, auf der reger Verkehr herrschte. Tareq packte den

Stadtplan aus und deutete auf die Station, die er zuvor rot markiert hatte. »Diese Architektur. Einfach nur herrlich oder? Wie sie diese alten viktorianischen Bauten in das Stadtbild integriert haben … Keine hässlichen Betonklötze, wie in Ostberlin«, schwärmte er.

»Ja, ja, du verstehst was von Architektur. Spiel dich nicht so auf, Oğlum.« Levent sah Tareq an und zog eine Augenbraue hoch. »Junge«, schob er grinsend nach. Dann sah er sich um. »Man merkt doch sofort, dass wir Touristen sind.«

»Was hat uns verraten?«, fragte Tareq, nun ebenfalls grinsend. »Der Trolley, den du klappernd hinter dir herziehst? Der Stadtplan, der im Wind flattert? Oder doch Hischams rot glitzerndes Hemd aus den Achtzigern? Meine Fresse, Hischam, wieso kleidest du dich so? Das ist so alt, dass es schon wieder in Mode ist.«

»Nein, nichts von alledem«, antwortete Levent. »Wir sind einfach nur die Einzigen auf dem Gehweg, die entgegen der Fahrtrichtung laufen.«

Die anderen sahen verblüfft auf.

Bilal marschierte an Levent vorbei und ging zu den beiden anderen nach vorne. »Wir sind gleich da. Es müsste auf der rechten Seite sein.«

Das *Lime Corner* stand in der Zufahrt einer engen Gasse. Es war ein dreistöckiges Gebäude mit roten Backsteinen an der Außenfassade und verzinktem Aushängeschild über dem Eingang. Davor standen viele Fahrräder.

Bevor sie die Eingangstür öffneten, stellte sich Bilal hektisch vor ihnen auf: »Einen Augenblick noch.« Er holte einen Fake-Nasenring heraus und klemmte ihn sich an den rechten Nasenflügel. »So, vom jüngeren Bruder Baghdadis zum Hippster in drei Sekunden. Alles klar?« Dann lief er die wenigen Treppenstufen hoch und ging auf die Empfangstheke zu, ohne sich umzudrehen.

Levent sah Tareq an. »Ich schwöre, dieser Junge spinnt.«

Tareq lächelte.

»Hello. We have a Four-Bed-Room. Our names are Bryan, Jan, Lenny and Harris«, sagte Bilal und wandte sich jetzt an Tareq. »Give me your ID, Jan. Please«, sagte Bilal und nahm von Tareq dessen Personalausweis entgegen, um es dem Empfangspersonal rüberzureichen.

»Dem ist völlig egal, ob er einen Bin-Laden-Sprössling bedient oder einen Rockstar«, kicherte Tareq.

Levent blickte mürrisch rüber und wusste nicht, was daran so witzig war.

»Ich schwöre, ich lache nur aus Hunger und Müdigkeit«, versicherte Tareq.

Der Empfangsmitarbeiter, der selber einen struppigen Bart hatte, der sich nur in der Länge von Bilals unterschied, hatte Kaffeeflecken auf der Kleidung und wollte die Ausweise von allen sehen.

»Hat der echt gedacht, dass er nur meinen Ausweis vorzeigen muss?«, wunderte sich Tareq.

Levent verschränkte die Arme. »Mal sehen, wie der sich da jetzt rauswindet. Von wegen Lenny und Bryan, der hat sie doch nicht mehr alle.« Er reichte mit den anderen seinen Ausweis rüber.

Der wandelnde Kaffeefleck hinter dem Tresen blickte flüchtig darauf und gab die Ausweise zurück. »Okay, guys. Welcome to the Lime Corner.«

Levent löste seine verschränkten Arme. »Ich sage doch, dass wir an unserem Leben sparen. Hier kann jeder potenzielle Verbrecher ein- und ausgehen. Wir riskieren unseren Arsch für ein paar Euro weniger.«

»Das Geld werden wir noch bitternötig haben. Weißt du überhaupt, wie teuer London ist?«, verteidigte sich Bilal.

Kaffeefleck klickte mit der Maus herum und verzog das Gesicht. Er drehte den Bildschirm herum und deutete mit dem Bleistift auf eine Zeile. »Sorry Guys, your Check-in is at four pm. So sorry for that.«

»Was heißt PM?«, Levent sah Bilal an.

»Er meint, dass wir erst um sechzehn Uhr einchecken können.«

»Wie spät haben wir es?«

»Halb elf«, sagte Tareq.

»Nee, es ist erst halb zehn, wegen der Zeitverschiebung«, korrigierte Bilal.

»Was? Noch fast fünf Stunden bis zum Check-in? Ich sterbe!«, sagte Levent.

»Ein früheres Check-in hätte pro Nase acht Euro mehr gekostet.«

»Wir sparen uns dumm und dämlich. Hat unser Zimmer Betten und Fenster oder schlafen wir im Keller auf kaltem Beton, weil wir dadurch noch mal fünf Euro sparen?«, rief Levent und riss temperamentvoll die Arme hoch.

Tareq spielte mit Bilals Bart herum.

»Lass das!«

»Deine Barthaare sind so hart, daraus könnte man einen Dietrich machen. Vielleicht kommen wir so früher in unser Zimmer.«

»Sehr witzig.«

Hischam blickte durch die breite Glastür vor ihnen in die Kantine und versuchte, pragmatisch zu sein: »Lasst erst mal reingehen, uns setzen und überlegen, wie wir weiter verfahren.«

»Die hier kann ich euch aber jetzt schon anbieten«, sagte der Empfangsmitarbeiter und reichte ihnen Erfrischungstücher mit Zitrusduft.

Levent drehte sich um.

»Du sprichst Deutsch?«

Er reichte Levent die Hand. »Ich bin Tim. Wenn ich euch behilflich sein kann, dann zögert nicht, es mir zu sagen. Ich arbeite bis morgen früh.«

»Wie viele Stunden arbeitest du denn? Kaum verlasst ihr die EU, schon werft ihr die Vierzigstundenwoche über Bord.«

»Normalerweise müsste ich zweimal die Woche arbeiten, doch weil ich studiere machen die bei mir eine Ausnahme. Ich arbeite zwei Schichten hintereinander ab.«

»Sieht man«, sagte Levent und deutete auf die Kaffeemaschine hinter dem Tresen, die offenbar hauptsächlich für Tim da war. »Gut, Tim, wir schauen uns dann mal etwas in der Kantine um. Man sieht sich.« Dann beugte er sich zu Tareq und raunte: »Ich sage doch, dass die an der Gesundheit und Sicherheit aller Beteiligten sparen.«

Sie folgten Hischam in die lichtdurchflutete Kantine. Es herrschte reger Betrieb, schließlich war noch Frühstückszeit. Geschwungene Stühle aus Formholz mit weißer Sitzschale auf verchromten Gestellen und einer gelben Filzauflage passten ganz gut zu den blassen Tischen mit puristischem Design. Es wirkte nicht ganz so gehoben wie ein Burger King aber auch nicht so traurig wie ein Wartesaal an einem Berliner Bahnhof. Die Sonne strahlte von der rechten Wandseite durch die offenen Fenster in den Raum.

Sie setzten sich an einen Tisch mit vier Stühlen. An der gelben Ziegelwand war ein flacher Plasmafernseher angebracht, auf dem gerade Frühstücksfernsehen lief.

»Einen Tee könnte ich jetzt auch vertragen«, sagte Hischam und ging zum Tresen. Er nahm vier Pappbecher, die neben dem Wasserkocher standen, warf Teebeutel hinein und goss kochendes Wasser hinterher. Er balancierte die vier vollen Becher auf einem Tablett zurück zum Tisch.

»Vorsicht!«, kreischte Levent, als Hischam fast das Tablett fallen ließ. »Du humpelst ja immer noch. Schon dich lieber. Wir hätten den Tee auch selber holen können«, sagte er und schob Hischam einen Stuhl zur Seite, damit der sich setzen konnte.

Bilal nahm ihm das Tablett ab und reichte jedem einen Tee.

»Guck mal hinter dir, Bilal, auf zwölf Uhr. – Aber bitte nicht so auffällig!«, sagte Levent leise.

Bilal drehte sich mit dem ganzen Körper nach hinten.

»Doch nicht so auffällig!«

Nun drehte sich auch Tareq um. Ein Mann mittleren Alters saß mit einem schwarzen Piratenmantel, der voller Ornamente war, am Nachbartisch. Er nippte an einer Flasche. Weißer Spitzenstoff ragte aus den Ärmeln. Darunter trug er Stulpenstiefel aus braunem Leder mit schwarzem Netzstoff, der wie eine Schleife an den oberen Teil des Stiefels gebunden war und elegant runterhing. Auf dem Kopf trug er einen schwarzen Piratenhut, auf dem zwei Schwerter sich kreuzten und über denen ein Totenkopf grinste. Über sein Gesicht war eine Augenklappe gebunden.

»Ist der nicht etwas zu overdressed für einen Donnerstagmorgen? Das Leben auf der Insel macht die verrückt«, sagte Bilal.

»Lass Jack Sparrow in Ruhe. Schaut mal, wie *wir* aussehen«, meinte Levent.

»Oğlum, musst du überall zu erkennen geben, dass du Türke bist? Da bringt es auch nichts, wenn ich dich *Lenny* nenne«, sagte Bilal.

»Warum solltest du das auch tun? Und überhaupt, hör mal mit dem Oğlum auf, wenn du nicht als Türke erkannt werden willst«, lachte Tareq.

»Wenn man Türken auf der Welt an irgendeinem Merkmal erkennt, dann an solchen Schuhen«, sagte Bilal, ohne auf Tareq einzugehen, und zeigte

Levents Schuhe, die schmal geschnitten waren, mit langer kantiger Fußspitze in schwarz glänzendem Glattleder. »Dazu noch so feine Hose und feines Hemd.«

»Schau dich erst mal selber an«, schnauzte Levent zurück.

Bilal deutete auf die britische Fahne auf seinen schwarzen *Reebok Classics*. »Ich bin integriert und laufe nicht wie ein Dorftürke in London herum.«

Tareq klopfte sich auf die Schenkel und lachte.

»Was ist denn mit dir los? Tanzt mit einem Dortmund-Trikot und Schlappen an und besitzt die Frechheit, mich auszulachen«, sagte Levent.

Weil Tareq immer heftiger lachte, legte Levent nach: »Du siehst nicht aus wie Kevin Großkreutz, da bringt auch diese hässliche Frisur nichts. Was soll die überhaupt darstellen? Eine Dattelpalme, die von einem Orkan vergewaltigt wurde?«

Tareq rang nach Luft und keuchte: »Immer noch besser, als wie der Bodyguard von Saddam Hussein aus den Achtzigern auszusehen.« Er deutete auf Hischam.

»Ich habe Hunger«, murrte dieser.

»Auf dem Weg gab es viele pakistanische Läden mit einer Halal-Aufschrift. Lasst uns da mal was essen«, meinte Levent versöhnlich.

Bilal krempelte seine Ärmel hoch. »Was soll diese Halal-Aufschrift uns sagen? Dass wir es mit glücklichen Freilandhühnern zu tun haben, die nur mit Biofutter ernährt wurden? Ich verstehe diese ganze Halal-Hysterie nicht. Habt ihr euch schon mal Gedanken darüber gemacht, wie diese Tiere bei den Massenhaltungen verwahrlosen und grausam im Sekundentakt geschlachtet werden? Und warum das Ganze? Weil wir Menschen einfach nicht genug vom Fleisch bekommen können. Ein halbes Hähnchen darf keine zwei Euro kosten. Die Transportwege, die Haltung, Fütterung und Schlachtung … dann muss der Metzger auch noch was daran verdienen und der Endpreis ist dann zwei Euro. Hallo? Habt ihr den Knall nicht gehört? Nur weil da jemand vor der Schlachtung den Namen Gottes erwähnt, macht das die Schlachtung auch nicht halal.«

Sie blickten gespannt zu Hischam.

Der nahm ruhig einen Schluck vom dampfenden Tee. »Ja. Da ist wohl was Wahres dran.«

»Gut. Können wir dann jetzt aufbrechen?«, fragte Levent ungeduldig.

»Ja. Und lasst uns die große Bus-Tour vorschieben. Dann kann Hischam auch seinen Fuß etwas schonen. Das wird bestimmt einige Stunden in Anspruch nehmen. Dann können wir bei der

Rückkehr direkt einchecken, statt unsere Zeit hier zu vergeuden«, sagte Tareq.

Am Nachbartisch setzten sich zwei Mädchen hin. »Sådan nogenlunde«, sagte die Blonde mit den stahlblauen Augen zu ihrer Freundin.

»Saddam?«, nuschelte Hischam schon fast paranoid.

Die Mädchen hatten das gehört. Sie winkten mit einem Lächeln rüber. Die Jungs winkten verlegen zurück.

»Hey folks. How you doin?« Bilal nickte und versuchte, dabei lässig zu wirken, indem er sich demonstrativ gegen seinen Stuhl lehnte.

»Great«, sagten die Mädchen mit einem noch breiteren Lächeln. »Where are you guys from?«

Bilal deutete mit dem Finger auf Levent. »He is definitively from a small village in Turkey as you can see from his shoes, but me I am from Berlin. My name is Bryan«, sagte er und streckte die Hand aus.

Sie schüttelten sich die Hände.

»Was labert der für einen Mist? Ich fasse es nicht«, sagte Levent, griff Bilal ins Gesicht, zog den Nasenring ab und warf ihn auf den Tisch der beiden Mädchen, die pikiert zurückzuckten. »His real name is Bilal, a compatriot of me, and he is unemployed«, sagte Levent grimmig grinsend.

»Deine Schuhe stehen mir im Weg. Kannst du bitte mit deinen Füßen woanders hin?«, knurrte Bilal und trat auf Levents Schuhe.

»Die waren neu!«, fauchte dieser.

Den Mädchen war das zu blöd und sie verabschiedeten sich hastig mit dem Hinweis, dass sie noch was zu erledigen hätten.

»Mit dem Nasenring sieht der aus wie ein Hipster, ohne wie ein IS-Anwärter. Gibts doch gar nicht«, meckerte Levent und rümpfte die Nase.

»Beruhigt euch«, ging Hischam dazwischen. »Guckt lieber mal unauffällig hinter euch, da sitzt jemand in der Ecke, der uns schon die ganze Zeit beobachtet.«

Ein Mann um die 30 saß mit perfekt sitzendem Anzug in Tweed-Optik auf einem Barhocker. Er hielt eine Tageszeitung in der Hand und blickte immer wieder flüchtig zu ihnen rüber. Er hatte markante Gesichtszüge, spitze in die Stirn fallende braune Haare und einen strengen Blick. Dieser Eindruck wurde durch sein bleiches Gesicht und die stechend grünen Augen verstärkt. Neben ihm lag eine kastanienbraune Aktentasche.

»Seit wann beobachtet der uns?«, fragte Levent irritiert.

»Seit ihr hier dieses Kasperletheater aufführt«, grinste Tareq.

»Nein, schon seit wir hier sind«, sagte Hischam und bemühte sich, beim Reden nicht rüberzusehen. »Der verfolgt uns schon, seit wir gelandet sind.«

»Na mal sehen. Los jetzt, wir gehen essen.« Levent stand auf.

Die anderen erhoben sich ebenfalls.

***

Sie hatten ein pakistanisches Restaurant gefunden und saßen nun auf vier Hockern, während sie auf ihr Essen warteten. Vor ihnen stand ein tiefgelegener Tisch. Der Laden war klein und befand sich um die Ecke einer pakistanischen Moschee. Ständig kam jemand rein, grüßte kurz und verschwand wieder. Das traurige Interieur schien aus dem zusammengesetzt worden zu sein, was beim Sperrmüll übrig geblieben war. Hinter der Theke hörte man das Zischen der Hackfleischbällchen auf dem Gasgrill. Ein schmaler Spiegel verlief quer über alle vier Wände. Über dem Ausgang hing ein verwaschenes Bild von der riesigen Badshahi-Moschee in Lahore. Der Geruch von gebratenen Zwiebeln, Ingwer und Knoblauch hing im Raum.

Hinter Levent war ein Wasserhahn, wo sich die Kunden nach dem Essen die fettigen Hände mit

Kernseife abwuschen. Er bekam ständig kalte Wasserspritzer in den Nacken ab und war ziemlich genervt von der Situation. »Was für eine Absteige.«

Hischam wirkte wie gelähmt.

Tareq blickte ihm in die Augen. »Du glaubst doch nicht wirklich, dass der Typ vorhin uns verfolgt?«

Levent beugte sich etwas vor. »Genau. Du bist paranoid geworden in Ägypten. Da wimmelt es vermutlich tatsächlich an jeder Ecke nur so vom Geheimdienst.«

Hischam schwieg. Er wirkte frustriert.

Tareq versuchte, ihn etwas aufzumuntern und legte die Hand auf seine Schulter. »Du hast ihn bestimmt mit jemand anderem vom Flughafen verwechselt. Der sah ihm sicher nur ähnlich. Mehr nicht.«

Hischam rappelte sich auf. »Ich kann mir Gesichter sehr gut merken. Vor allem sind es die Augen, die unverwechselbar sind. Sie verraten sehr viel über Menschen. Seine Blicke sind undurchsichtig und strahlen Kälte aus. Ich bekomme Angst, wenn ich keine Gefühlsregungen in den Augen eines Menschen sehe.« Er erschauerte und schüttelte sich daraufhin kurz.

Tareq versuchte, den Gedanken abzuwehren. »Ja vielleicht. Ich hoffe vielmehr, dass unser

Handgepäck nicht weg ist, wenn wir zum Hostel zurückkehren. Wir haben sie einfach Tim anvertraut. Der sah ehrlich gesagt etwas verplant aus.«

»Ich glaube kaum, dass sich jemand für unser gammeliges Gepäck interessiert«, brummte Levent.

Ein Mitarbeiter kam mit einem Serviertablett, das er mit der rechten Handfläche über der Schulter hielt, durch die Tresentür geschossen. Er war in einen traditionellen pakistanischen *Shalwar Kameez* in olivengrüner Farbe gekleidet. Nachdem er zwei schwere Platten Reis, vier Suppenschüssel, ein Bund Koriander, Radieschen und rohe Zwiebel auf dem Tisch verteilt hatte, verschwand er wieder hinter dem Tresen.

Bilal wedelte sich mit der Hand den Duft des Essens zu. »Oh mein Gott, wie intensiv dieser Reis duftet. Und das ganze frische Gemüse erst …« Er streute Salz auf seinen Teller, rollte das Radieschen drüber und biss herzhaft hinein.

Tareq sah etwas ratlos auf die Platten.

Levent deutete mit dem Löffel darauf. »Das linke ist Chicken Biryani und das rechte Biryani mit Lammfleisch.«

Sie füllten sich die Teller und aßen gierig. Dabei versuchten sie, sich mit Begeisterungsstöhnen zu übertreffen.

»Seid ihr zwölf oder schon in der Pubertät«, sagte Tareq schmatzend und rülpste heftig. Er kicherte.

Bilal fing mit vollem Mund an zu lachen.

»Wo bleiben deine Tischmanieren!«, schimpfte Levent. »Ich möchte wirklich nicht in meinen Lebenslauf schreiben müssen, dass ich wegen schlechtem Benehmen aus einer schmierigen Kaschemme geworfen wurde.«

Bilal verschluckte sich fast und hustete. Sich die Tränen aus den Augen wischend feixte er: »Was für Tischmanieren, Junge? Hinter dir wäscht sich jemand gerade die Füße im Waschbecken.«

Levent sah sich um und ließ seinen Löffel fallen. »Das wars. Ich werde später Fish and Chips essen. Man kann ja froh sein, wenn das Fleisch hier nicht mit nackten Füßen mariniert wurde.«

»Junge, Junge, das brennt zweimal«, stöhnte Bilal kauend und schob die grünen Chilis, die über dem Reis verteilt waren, zur Seite.

»Hischam, brennst du nicht?«, fragte Tareq, der ebenfalls nach Luft rang.

»Nö, ich liebe scharfes Essen. Es wärmt von innen«, sagte Hischam und aß seelenruhig weiter.

»Was ist denn jetzt der Plan?«, fragte Levent genervt und schob seinen Teller von sich. Tareq zog sein Smartphone aus der Hosentasche und öffnete Google Maps.

»Wir müssen eine Station finden, wo diese City-Tour-Busse anhalten. Dann steigen wir einfach ein und bekommen einen groben Überblick über die Stadt. Dann können wir uns entscheiden, welche Sehenswürdigkeiten wir uns die kommenden Tage näher anschauen wollen. Ich hörte, dass man …«

»Jungs!« Hischam hob ruckartig den Kopf und ließ den Löffel fallen.

»Was ist?«, fragte Tareq und drehte sich um. Er bemerkte, dass Hischam aschfahl im Gesicht wurde und schwer schluckte.

Der Mann aus dem Hostel kam herein und ging langsam an ihnen vorbei, während er sie flüchtig anblickte. Dann bestellte er sich am Tresen Pommes. Er setzte sich auf einen leeren Hocker in der anderen Ecke des Raumes, blickte in kurzen Abständen immer wieder zu ihnen rüber und machte sich Notizen.

***

»Wo ist diese verdammte Station, Levent? Hischams Fuß fällt gleich ab und ich kollabiere an Lungenversagen!«, keuchte Bilal hinter Levent, der konzentriert auf sein Smartphone blickte und sie durch die Menge navigierte.

Einige Minuten später standen sie vor der *Monument Underground Station* – sie waren im historischen Kern und modernen Finanzzentrum Londons angekommen.

»Wir sind gleich bei einer Station, wo wir unsere Hop-on-Hop-off-Tour starten können.«

Hischam folgte ihnen wortlos.

Tareq bot ihm ein Kaugummi an. »Denkst du immer noch, dass es ein Agent oder so war?«

Hischam lehnte dankend ab. »Ich weiß nicht. Was denkt ihr?«

Levent zuckte die Schultern. »Der Laden ist nur einen Steinwurf vom Hostel entfernt. Der hatte wahrscheinlich auch Hunger, sonst nichts. Wieso sollten wir von einem Agenten verfolgt werden?«

Bilal blieb stehen und sah Levent an. »Ich bitte dich, Junge. Wer isst beim Pakistaner Pommes und das auch noch zum Frühstück?«

Tareq ging dazwischen: »Dir ist schon klar, dass wir zum Frühstück ein scharfes, fettiges Lammgericht gegessen haben?«

Levent nickte. »Ganz genau. Zudem ist es das Land der Fish and Chips, da braucht uns so was nicht zu schockieren. Mit so feinen Klamotten da aufzutauchen verdient wesentlich mehr Anerkennung.«

Bilal warf sich etwas in die Brust. »Die Briten frühstücken keine Pommes, sondern Baked Beans, Eier und Speck. Das macht diesen Kerl einfach verdächtig.«

»Einfach nur ekelhaft«, sagte Tareq.

»Der ist vermutlich gar kein Brite, was sollte er sonst im Hostel?«

»Wer trägt solche Klamotten und steigt dann im Hostel ab?«

»Hat vielleicht sonst nichts mehr gekriegt, Geschäftsreisender, kommt vielleicht aus den USA oder so, für den ist womöglich später Abend.«

Hischam hob beschwichtigend die Hände. »Entschuldigt, Jungs. Ich wollte keinen Streit auslösen oder euch die Reise vermiesen. Vergessen wir das jetzt einfach und genießen unseren Aufenthalt in dieser schönen Stadt.«

Levent sah auf sein Smartphone. »Wir sind innerhalb einer Stunde fast fünf Kilometer gelaufen.«

Bilal rümpfte die Nase. »Um das zu sehen hätte ein Blick auf Hischams Knöchel genügt.«

Ein roter Doppeldecker mit offenem Verdeck kam um die Ecke und hielt an der Haltestelle. Sie zeigten ihre Fahrkarten vor und gingen aufs Oberdeck hoch. Trotz der angenehmen Sonnenstrahlen war der Bus kaum besetzt.

Sie setzten sich in die hinterste Reihe. Als Erstes mussten sie die *London Bridge* überqueren.

»Wie dreckig ist die Themse denn bitte?« Es war Bilals angewiderter Miene anzumerken, wie sehr er sich ekelte.

Levent beugte sich über den Bus und blickte in den Fluss. »Das ist ja schon fast schwarzbraun.«

»Warum ist das so dreckig? Ist das ein Sumpf oder ein Fluss? Verstehe ich nicht«, sagte Bilal und kramte in seiner Hosentasche herum.

Levent fing an zu gähnen und steckte die anderen an. Erst jetzt merkten sie, wie anstrengend die letzten Stunden waren. Die viktorianischen Gebäude zogen an ihnen vorbei und während die warmen Sonnenstrahlen sie streichelten, verfielen sie langsam in einen Dämmerschlaf.

***

Als Levent wieder wach wurde, rieb er sich gereizt die Augen. »Verdammt, sollte nicht langsam mal Big Ben auftauchen? Wo sind wir jetzt?« Er gähnte.

Auch Bilal wurde langsam wieder munter und blinzelte. »Gibts doch nicht. Wann sind diese ganzen Menschen eingestiegen?« Er schaute sich um und hörte viele Sprachen, die er nicht einordnen konnte.

Hischam legte wieder seinen Knöchel frei, der inzwischen so geschwollen war, als hätte er einen Tennisball in einer hautfarbenen Socke versteckt. Er klopfte sich ans Schienbein. »Ist es normal, dass der Schmerz immer weiter hochklettert? Ich fühle meine rechte Hand nicht mehr.«

»Das ist bestimmt nur, weil du gerade dehydrierst. Also die taube Hand mein ich«, versuchte ihn Bilal zu beruhigen.

»Was hast du denn mit dem Fuß gemacht? Ich dachte, du hättest ihn dir beim Einsteigen gestoßen?«

»Verdreht«, korrigierte Hischam.

»Verdreht? Wie jetzt … so richtig?«

»Na sieht ja wohl so aus«, grunzte Tareq, der nun auch wieder zu sich kam. »Wir sollten aussteigen und irgendwas trinken«, sagte er und stand auf, noch etwas wacklig auf den Beinen.

Die anderen rappelten sich auch auf. Der Bus machte gerade einen großen Bogen und bog auf die Hauptstraße ab. Man konnte von hier aus die *Tower Bridge* sehen.

Sie gingen nach unten und stiegen an der nächsten Haltestelle aus, am Ende der *Tower Bridge*. Sie machten sich auf die Suche nach einem der in London verbreiteten Kioske, wo sie sich etwas zu Trinken besorgen wollten.

***

Nachdem sie ihren Durst gelöscht hatten, waren sie aufs Geratewohl weitermarschiert. Auf der gegenüberliegenden Straßenseite sahen sie eine kleine Menschengruppe, die Parolen skandierte.

»He, da waren wir doch vorhin«, meinte Tareq.

Die Menge stand vor der pakistanischen Moschee, neben der sie gefrühstückt hatten. Die Demonstranten hielten Spruchbände mit *TAKING OUR COUNTRY BACK!* in die Höhe und ein großes Kreuz aus Holz in den britischen Nationalfarben. Einige von ihnen hielten Statuen und Bilder von Jesus mit einem Heiligenschein hoch.

»Warum sieht deren Jesus aus wie König Artus? Denken die jetzt, dass Jesus aus Manchester kam oder was? Der kam aus dem Nahen Osten und sah ganz sicher nicht britisch aus«, regte sich Tareq auf.

»Genau, er kam aus dem Gazastreifen«, meinte Bilal.

»Nein, du Idiot, er ist aus Nazareth oder Bethlehem.«

»Was brüllen die da überhaupt rum?«, fragte Levent.

»Irgendwas davon, dass Muhammad ein Araber sei und der Islam eine frauenfeindliche Religion und so.«

Die Demonstranten filmten sich gegenseitig und redeten auf die Muslime ein, die in die Moschee wollten. Es waren auch Banner der rechtsextremen Partei *Britain First* zu sehen. Eine Frau schrie etwas Unverständliches in ein Megafon, während der Rest frenetisch applaudierte. Einige hielten den Muslimen provokativ die Jesusfiguren entgegen, dabei wurde aus drei verschiedenen Perspektiven gefilmt.

»Wir lieben auch Jesus. Die brauchen uns nicht von Jesus zu überzeugen«, brummte Hischam.

»Denen geht es doch nicht um Jesus. Das sind Rechtsextremisten«, meinte Levent empört.

»Ja, genau. Das sind so was wie die besorgten Bürger bei uns«, sagte Tareq.

»Das darf doch nicht wahr sein, dass die das am helllichten Tag machen und keiner sich daran stört!«, knurrte Bilal und tippte Hischam an. »Wie sagt man *der Hund ist dein Freund* auf Arabisch?«

»Al-Kalb Sadiquk. Wieso?«

»Auf Arabisch klingt das bedrohlich. Erst recht, wenn man es laut schreit und es ständig wiederholt.

Genau das, was ich jetzt brauche.« Bilal marschierte los.

Noch bevor seine Freunde reagieren konnten, war er halb über die Straße und schrie wie verrückt: »Al-Kalb Sadiquk!« Dabei fuchtelte er wild mit den Händen herum.

Angesichts des riesigen Mannes mit Rauschebart und Kaftan kam Bewegung in die Demonstranten. Als würden sie magnetisch von ihm abgestoßen wichen sie vor ihm zurück, zogen allesamt Trillerpfeifen aus ihren Taschen und übertönten Bilal damit, als hätten sie nur auf so eine Aktion gewartet. Einige holten ihre Smartphones raus und machten Videos von Bilal. Dann erschienen wie aus dem Nichts Sicherheitskräfte, die scheinbar dazugehörten, und führten den protestierenden Bilal zurück auf die andere Straßenseite, wobei sie allerdings betont freundlich blieben.

»Sag mal, bist du verrückt oder so? Was machst du da!«, schrie Levent mehr aus Sorge denn aus Wut, als die Security-Leute wieder abzogen.

»Ich wollte meinem Unmut Luft machen, ohne beleidigend zu werden, aber dennoch bedrohlich klingen«, erklärte Bilal im Brustton der Überzeugung.

»Du hast dich einfach nur lächerlich gemacht. Warum schreist du das dann nicht auf Türkisch?«

»Wir Türken stecken bis zu den Knien in der Scheiße. Kaum ein Tag vergeht, an dem es keine Negativpresse über die Türkei gibt. Ich dachte, wenn ich es auf Arabisch sage, dass dieser Hass dann etwas gerechter verteilt wird, da die mich jetzt für einen Araber halten. Ich finde, die Araber könnten auch mal etwas abkriegen.«

Levent griff sich an die Stirn, ließ die Hand dann aber sinken und schüttelte nur den Kopf. »Vergiss es einfach.«

»Ich habe Hunger bekommen«, warf Tareq ein. »Lasst uns mal was essen. Aber nicht wieder beim Pakistaner. Noch was Scharfes verträgt mein Immunsystem nicht«, meinte er grinsend.

»Da drüben an der Ecke ist ein Dönerladen«, sagte Levent.

»Hä? Wie konnten wir den heute Morgen übersehen?«, fragte Bilal verblüfft.

»Die ganze Straße ist voll mit Fast-Food-Läden. Ist doch kein Wunder, dass wir den übersehen haben.«

Als sie den kleinen Imbiss betraten, grüßten alle auf Türkisch, nur Tareq beschränkte sich aufs Lächeln.

Am hinteren Ende des Ladens war ein Tisch mit vier Stühlen frei. Der Laden war rappelvoll.

Im Hintergrund lief die übliche Musik. Für einen Donnerstagnachmittag war die Stimmung überraschend ausgelassen.

»Setzt ihr euch schon mal und haltet die Sitze frei. Ich gebe die Bestellung auf. Was wollt ihr?«, fragte Levent.

»Ja geht ihr euch schon mal hinsetzen. Ich möchte die Mitarbeiter ein wenig über die türkische Community in London befragen«, erklärte Bilal.

Tareq schüttelte grinsend den Kopf. »Alter Wichtigtuer«, brummte er und schlurfte hinter Hischam her.

Dieser blieb schlagartig wie versteinert stehen.

»Hischam?«, fragte Tareq, doch er holte sein Smartphone raus und tat so, als würde er telefonieren. Dabei beugte er sich zu Tareq. »Am Nachbartisch sitzt dieser Typ von heute Morgen und schaut zu uns rüber.«

Tareq sah zum Nachbartisch rüber. Der Mann blickte ihm direkt in die Augen, ohne eine Gefühlsregung zu zeigen. Tareq sah sofort weg. »Wieso starrt der mir in die Augen?«

Wortlos ging Hischam weiter und setzte sich. Tareq folgte ihm nach einem Moment.

Schweigend warteten sie auf die anderen beiden.

Als Bilal und Levent mit den Tellern kamen, ließen sie sich nichts anmerken.

»Seit wann ist der denn hier?«, flüsterte Bilal, als sie saßen.

»Der war auf jeden Fall vor uns am Tisch. Ob er nach uns den Laden betreten hat, kann ich aber nicht sagen«, brummte Tareq.

»Findet ihr es nicht auch komisch, dass der schon wieder nur Pommes isst?«, fragte Bilal.

»Vielleicht ist das das übliche Agentenfutter«, meinte Levent grinsend. »Meine Güte, der ist uns sicher nicht gefolgt, sondern vermutlich einfach nur wieder in der Nähe vom Hostel essen gegangen. Der denkt sicher, dass wir ihn verfolgen, deshalb guckt er auch so böse.«

»Der guckt nicht böse, der starrt uns an. Mit so einem unheimlichen Agentenstarren«, meinte Hischam und biss in sein Döner.

»Stimmt. Lernt man auf der Agentenschule nicht, wie man unauffällig starrt?«

»Wie gesagt, der guckt nur so, weil er uns für die Verfolger hält. Jetzt nervt nicht«, sagte Levent zwischen zwei Bissen.

Der Mann stand auf, ließ seinen halb vollen Teller sowie die Zeitung auf dem Tisch zurück und verließ mit schnellen Schritten den Laden.

»Seht ihr? Wir sind dem unheimlich.«

Bilal zuckte mit den Schultern.

»Eigenartig. Der ganze Menschenandrang ist weg. Wir sind plötzlich fast alleine im Laden«, stellte Tareq fest.

»Ey, diesen Laden gabs doch heute Morgen noch nicht einmal. Keinem von uns ist er auf dem Weg in die City aufgefallen. Und diese ganzen Leute, die sind bestimmt Komparsen. Kaum ist der Agent weg, sind die Massen weg«, sagte Bilal und sah sich betont nervös um.

Levent schlürfte entspannt an seinem türkischen Tee. »Witzbold.«

»Komisch war die Szene aber schon«, meinte Tareq.

»Glaubst du jetzt etwa auch, dass das ein Agent war, oder wie?«, fragte Levent.

»Ich finde es einfach nur merkwürdig, okay?«

Levent rollte mit den Augen. »Ich fass es nicht. Du jetzt auch? Mann, Mann, Mann … Das kann ja noch eine spaßige Reise werden.«

***

Sie standen im Flur vor ihrer Zimmertür und sahen hinein. Das Zimmer wirkte nackt, es gab nur zwei Hochbetten mit einem kleinen Fenster. Von der kahlen Decke baumelte eine nackte Glühbirne. In der Ecke hing ein kleines Waschbecken mit einem Spiegel darüber.

»Das muss wohl ein Scherz sein«, sagte Bilal.

»Junge, geh doch mal rein. Wir stehen wie irgendwelche Hinterwälder im Flur herum«, maulte Levent.

»Das würde ich ja gerne, aber ich komme nicht durch. Das Hochbett engt den Weg in das Zimmer so sehr ein, dass ich stecken bleibe.«

»Gibts doch nicht! Quetsch dich schon durch, du Fettsack.«

»Ey!«, schnaubte Bilal. Dann schob er sich schnaufend hindurch.

»Boah, ist das eng«, stöhnte Levent, der ihm folgte.

Als sie alle vier im Zimmer standen, sahen sie sich fassungslos an. Tareq fing unvermittelt an zu lachen.

»Dieser Raum ist so klein, dass unsere Körpertemperatur ausreicht, ihn in eine Sauna zu verwandeln«, rief Bilal grinsend.

»Kein Wunder. Du stößt so viel CO_2 aus wie eine Kuh und trägst wesentlich mit zur Erderwärmung bei«, sagte Tareq, immer noch lachend.

Bilal lächelte nur und wackelte verlegen herum.

»Schon gut, Dicker. Wir reißen dir für die Bruchbude schon nicht den Kopf ab«, sagte Levent endlich und warf seinen kleinen Trolley aufs obere linke Bett. »Meins. Wo ist hier überhaupt die Toilette?«

»Mhmm, ja, das hätte ich fast vergessen zu sagen, Jungs. Die, äh, ist auf dem Flur. Es ist eine Unisex-Toilette. Keine Geschlechtertrennung.«

»Willst! Du! Mich! Verarschen!«, schrie Levent.

»Pschhhh«, machte Bilal. »Nicht so laut, okay?«

»Und wo duschen wir?«, fragte Hischam.

»Die Duschen sind auch nicht getrennt.«

»Das gibt es doch nicht! Das darf ja wohl alles nicht wahr sein, Bilal!«

»Aber es gibt eine gute Nachricht: Es gibt exakt vier Duschen. Wenn wir alle gemeinsam duschen gehen, stellen wir also sicher, dass keine andere Person mitduschen kann.«

»Super! Echt super!«, blaffte Levent und drehte sich wütend um. Doch außer der Wand war da nichts. Also schwang er sich auf sein Bett hoch.

»Okay, Jungs. Bevor das Ganze hier eskaliert, sollten wir uns vielleicht alle einfach hinlegen und schlafen. Es war ein harter Tag. Ich spüre meine Füße nicht mehr. Unser Verstand arbeitet auch nicht mehr«, sagte Bilal.

»Vielleicht deiner. Meiner arbeitet sehr gut«, brummte Levent.

»Ist es euch recht, wenn ich oben schlafe?«

Bilal legte sich in das Bett unter Levent. »Oh Gott! Wie klein diese Matratzen sind. Haben wir das Zimmer für die sieben Zwerge bekommen, oder was?«

»Oder was, oder was … Junge, du bist fast zwei Meter groß. Sei nicht so geizig oder roll dich zusammen«, ätzte Levent.

Hischam sah Tareq an, dann machte er eine hektische Bewegung, blieb aber stehen, wo er war, und verzog nur das Gesicht, während Tareq sich in aller Ruhe aufs obere Bett schwang.

»Echt üble Schmerzen, was?«, sagte er verständnisvoll von oben.

»Ach leck mich«, zischte Hischam und ließ sich stöhnend ins untere Bett fallen.

»Kriegt ihr eigentlich Luft?«, wollte Levent wissen.

»Nee, nicht so richtig«, meinte Tareq.

»Hm … geht so.«

»Schon gut«, rief Bilal und stand auf. Er öffnete die Zimmertür und machte sich dann am Fenster zu schaffen. »Klemmt«, sagte er nach einer Weile.

»Ist es verklemmt, bist du zu schwach«, sagte Tareq.

»Sehr witzig«, murrte Bilal und verkroch sich in sein Bett zurück.

Im Zimmer herrschte betretenes Schweigen, während es im Flur immer lauter zu werden schien. Der Rest der Hostelgäste schien sich gerade erst für eine Londoner-Partynacht warm zu machen.

Kapitel 3

Freitag, 2.00 Uhr, noch 62 Stunden bis zum Rückflug

Hischam fing mitten in der Nacht an heftig zu husten.

»Alter, stirbst du, oder was? Du klingst wie ein erkälteter Dschinn«, maulte Tareq.

»Das liegt am Durchzug«, stöhnte Levent. »Mir dröhnt auch der Kopf. Ist die Tür etwa immer noch auf?«

»Klar, sonst wären wir längst erstickt. So muss sich das in einem Flüchtlingstransport anfühlen«, sagte Bilal.

»Na du musst es ja wissen«, meinte Levent.

»Tschuldigung«, brummte Hischam und räusperte sich.

»Nicht dass uns noch was geklaut wird.«

»Ha, ha«, machte Levent lahm.

»Die Party drüben im anderen Flügel ist immerhin vorbei«, stellte Tareq fest, der sich in seinem Bett vorbeugte, um durch den Flur auf die gegenüberliegende Dachterrasse sehen zu können.

»Moment mal!« Tareq sprang jetzt aus dem Bett und trat in den Flur. Er drehte sich sofort zu den Jungs. »Einer ist noch da.« Nach einem Moment sagte er verdutzt: »Und der starrt zu uns rüber.«

»Na klar«, meinte Levent, »zu den Spinnern mit der offenen Tür. Wie im Affenhaus im Zoo.«

Hischam beugte sich nun ebenfalls vor. »Das ist der Typ«, sagte er leise.

»Welcher Typ?«

»Der Agent!«

Levent sprang aus dem Bett und ging zur Tür. »Ich werd' verrückt, ihr habt tatsächlich recht. Der sieht uns beim Schlafen zu«, stellte er halb fragend fest. Keiner reagierte. Dann ergriff er wieder das Wort: »Okay, langsam ist das Ganze nicht mehr lustig. Was will der Typ von uns?«

»Das sind zu viele Zufälle auf einmal. Ich hoffe, jetzt glaubst du uns, dass mit dem irgendwas nicht stimmen kann«, sagte Bilal, als er neben Levent trat. Gleichzeitig unterdrückte er einen eingehenden Anruf.

»Wer ruf dich um diese Uhrzeit noch an?«, versuchte Tareq noch zu fragen, doch da packte der Mann etwas ein und ging.

»Verdammt! Das war 'ne Kamera! Dieser Mistkerl hat uns die ganze Nacht aufgenommen! Den schnappen wir uns, los!«, schrie Levent außer sich und schob sich hektisch am Bett vorbei zur Tür.

»Du bleibst hier«, sagte Bilal zu Hischam, »pass auf dich auf!« Dann folgte er den anderen, die bereits im Flur waren.

»Wir laufen zum Haupteingang, du suchst nach dem Hintereingang«, rief Levent Bilal über die Schulter zu.

»Waren schon Bilal und Levent hier?«, fragte Tareq, als er ins Zimmer zurückkam.

»Nein. Hast du den Mann noch sehen können?«, fragte Hischam.

Tareq schüttelte den Kopf. »Ich bin nach oben, Levent runter und Bilal zum Hinterausgang. Ich habe oben alle Flure abgesucht, aber da war er nicht. Oder er war in seinem Zimmer.«

Dann kam Levent rein. Er war außer Puste und stand barfüßig in T-Shirt und kurzer Hose vor der Tür. »Nichts, vorne ist er nicht raus. Ich bin sicherheitshalber auch die Straße rauf und runter, falls er schon unten war, aber nichts. Und du?«

Tareq schüttelte den Kopf.

»Und Bilal?«

»Der ist noch gar nicht zurück.«

»Der Fettsack ist halt nicht so schnell«, keuchte Levent.

»Der ist jetzt schon ʼne halbe Stunde weg. Gehen wir ihn suchen«, meinte Levent schließlich und schlüpfte in seine Hose.

Wortlos zog Tareq seine Schuhe an.

»Soll ich mitkommen?«, fragte Hischam.

»Nee, schon dich. Wenn Bilal kommt, sag ihm, dass er hier warten soll, sonst spielen wir die ganze Nacht Verstecken.«

»Bis gleich«, sagte Levent und klopfte Hischam auf die Schulter, nachdem er sich seine Schuhe angezogen hatte.

»Verdammt, er geht immer noch nicht ran«, meinte Tareq leise und starrte frustriert auf sein Handy.

»Ist vielleicht aus, kein Saft mehr, kennst ihn doch«, beruhigte Hischam ihn.

Der junge Mann am Empfang schüttelte den Kopf, als Tareq ihm ein Handyfoto von Bilal unter die Nase hielt. »No«, sagte er auf die Frage, ob er ihn gesehen habe. »But I've just arrived.«

»Der war vorhin, als ich hier vorbeikam, schon hier. Dann ist Bilal hier wohl nicht vorbeigekommen«, stellte Levent fest.

»Nee, der wollte ja auch hinten raus. Ob der sich verlaufen hat?«

»Zuzutrauen wärʼs ihm.«

»Wir können jetzt aber auch schlecht loseiern und ihn suchen, sonst verlaufen wir uns noch selber. Der hat keine Karte dabei und sein Handy ist vermutlich tot. Verdammt.«

»Der Bursche von heute Morgen könnte uns sicher helfen.«

»When will Tim be back?«, fragte Tareq.

»I don't know.«

»Verdammt!«, brummte Tareq. Dann fragte er hoffnungsvoll: »Do you have his number?«

»For sure«, sagte der Bursche hinterm Tresen und blätterte ein paar Zettel neben der Kasse durch. Dann reichte er ihnen einen, auf dem eine Handynummer neben dem Wort TIM stand.

Tareq beugte sich rüber zu Levent, während er die Nummer eintippte, und flüsterte: »Ich glaube, in Sachen Datenschutz sind wir in Deutschland ein bisschen weiter als die Inselaffen. Gibt der einfach die Nummer seines Kollegen weiter.«

»Und?«, fragte Hischam, als sie ins Zimmer zurückkamen.

»Lasst uns hier verschwinden«, sagte Levent nur.

»Was?« Tareq starrte ihn verblüfft an. »Moment, nichts überstürzen …«

»Was ist passiert?«, fragte Hischam irritiert.

»So wie ich das sehe, sind wir hier nicht sicher«, sagte Levent. Er schnappte sich Bilals Tasche und stopfte hektisch die Klamotten rein, die Bilal nicht anhatte, als er das Zimmer verließ. »Bilal ist seit fast einer Stunde weg. Sein Handy ist aus. Zuerst dachte ich ja auch, er hätte das nur nicht aufgeladen, aber inzwischen bin ich nicht mehr so sicher. Eine Stunde ist auch für ihn viel. Der würde uns hier nicht hockenlassen und irgendwo einen Tee trinken. Nee, nee … Wir haben einen Typen am Hals, der uns verfolgt, seit wir hier sind, und der offenbar auch Fotos und so gemacht hat. Wir wissen nicht, ob das ein Agent, ein Krimineller oder ein … was weiß ich, ein Serienkiller, ein irrer Nazi oder so ist. Keine Ahnung, aber wollen wir wirklich hier warten, bis der wiederkommt? Lieber nicht, sage ich …«

»Wollen wir nicht erst mal bei den anderen Gästen fragen, ob sie etwas mitbekommen haben?«, fragte Tareq. »Und wieso muss ich hier plötzlich den Besonnenen geben? Das ist doch deine Rolle …«

»Einige Gäste fragen?«, regte sich Levent auf. »Wer jetzt noch hier ist, der ist zu besoffen für einen Zug durch die Gemeinde, die anderen sind ja wohl weg. Und meinst du echt, irgendeinen von denen hätte das interessiert, wenn einer im Flur steht und 'ne Kamera hält? In London? In einem Hostel?«

»Und wenn Bilal zurückkommt?«

»Dann hat er hier ein Zimmer, kann sein Handy aufladen und uns anrufen.«

»Dann musst du ihm aber sein Ladegerät dalassen …«

»Er kann sich an der Rezeption eins leihen.«

»Hm …«

»Wir sind hier nicht sicher Jungs. Irgendjemand hat es womöglich auf uns abgesehen. Wir wissen nichts über den Typ mit der Kamera. Wir müssen hier weg.«

»Es ist drei Uhr morgens«, gab Tareq zu bedenken. »Wohin wollen wir gehen? Sollten wir nicht lieber ausschlafen und in Ruhe darüber beraten? Vielleicht taucht in der Zwischenzeit auch Bilal wieder auf.«

»Vielleicht aber auch nicht und stattdessen verschwindet ein weiterer von uns. Ich habe gerade ein ganz mieses Gefühl, Jungs.«

Tareq schluckte.

Hischam sagte leise: »Bei mir ist das normal, aber wenn du jetzt paranoid wirst, dann …«

»Ja. Genau.«

Wortlos packten Hischam und Tareq ihre Rucksäcke zusammen.

»Ich habe keine Ahnung, was los ist, aber das ist einfach kein sicherer Ort«, sagte Levent noch einmal und schob sich am Bett vorbei in den Flur.

»Moment«, sagte Tareq tonlos.

»Was ist los?«, fragte Hischam und sah Tareq besorgt an.

»Meine Kreditkarte ist weg.«

»Was?«, zischte Levent und kam wieder rein.

»Ich hatte sie sicherheitshalber unter die Matratze geschoben, wegen der Taschendiebe …«

Levent verdrehte die Augen.

»Guck noch mal«, keuchte Hischam und zog seine Brieftasche raus.

»Die hattest du doch dabei«, meinte Levent nur.

»Stimmt.« Hischam durchwühlte nun seinen Rucksack.

»Die ist nicht da«, heulte Tareq und begann nun auch, in seinem Rucksack zu kramen.

»Bei mir fehlt nichts«, stellte Hischam fest. »Jedenfalls nichts Wichtiges. Oder Teures. Das Ladegerät ist noch da und …«

»Das ist nicht wertvoll.«

»Bei mir scheint sonst auch nichts zu fehlen«, meinte Tareq.

»Also nur die Kreditkarte. Und die war unter der Matratze. Dann hat hier jemand unser Zimmer durchsucht, während wir weg waren.« Levent trat wieder in den Flur. »Wir lassen die Karte sperren, aber jetzt erst mal raus hier.«

Die beiden anderen folgten ihm hastig in den Flur und gemeinsam eilten sie die Treppe hinab.

Der Bursche am Empfang würdigte sie keines Blickes, als sie mit Gepäck das Hostel verließen.

»Wären wir nicht besser hinten rausgegangen?«, fragte Hischam, als sie auf die Straße traten.

»In derselben dunklen Gasse, in der schon Bilal verschwunden ist? Nee, wenn uns wer auflauert, dann da. Hier ist es etwas sicherer, denke ich. Außerdem war ich bei meinem Rundgang schon da, um vielleicht auf Bilal zu treffen und mit ihm gemeinsam hochzukommen. Der Hinterausgang führt in einen kleinen Hof, der von Mülltonnen umstellt ist.«

»Und jetzt?«

»Jetzt versuchen wir erst mal, eventuelle Verfolger abzuschütteln. Kommt«, sagte Levent und lief los.

Als er merkte, dass er alleine war, blieb er stehen und sah sich um. Hischam humpelte, auf Tareq gestützt, hinter ihm her. »Ach verdammt …«

»Ist das jetzt spätes Abendessen oder frühes Frühstück?«, schmatzte Tareq.

»Das ist einfach nur ein Imbiss«, brummte Levent. »Wir haben nicht für jeden Scheiß einen eigenen Namen.«

»He, flipp nicht gleich aus. Ich wollte doch nur …«

»Sorry, ich bin etwas gereizt« Levent schüttelte den Kopf.

»Ich verstehe nicht ganz, warum ausgerechnet du jetzt nervös geworden bist«, setzte Tareq noch mal an.

»Das verstehst du nicht. Du bist Konvertit, aber immer noch Deutscher, siehst auch so aus, sprichst Deutsch … Du hast ein ganz anderes Selbstverständnis und keine Ahnung, wie es sich anfühlt, zu einer Minderheit zu gehören, die immer wieder Anfeindungen ausgesetzt ist, da entwickelt man eine gewisse Sensibilität.«

»Aber den Türken in Deutschland …«

»Jaja, wenn alles gut läuft, aber auch nur, weil dann andere die Opfer sind. Wenn Fremdenhass aufflammt, dann werden auch Dönerbuden angezündet. Der NSU hat Türken ermordet. Und wenn es gegen Moslems geht, dann sind wir Türken auch dabei.«

Tareq schwieg betroffen.

»Und wenn es so aussieht, als wäre es eben mal keine Paranoia, dann werde ich nervös. Wenn ich mich geirrt habe, könnt ihr mich den Rest des Jahres verarschen.«

Tareq und Hischam wechselten einen flüchtigen Blick.

»Wer hätte aber auch ahnen können, dass wir gleich in der ersten Nacht auf der Flucht und auf der Suche sein werden«, seufzte Hischam und biss lustlos von der Falafel ab, die gar nicht mal so fettig war, wie er es in so einem schmierigen Imbiss wie dem, in dem sie Unterschlupf gefunden hatten, erwartet hätte.

»Wie gehen wir vor?«, fragte Tareq, dessen Gesicht sichtlich errötet war. »Also eine Sache steht schon mal fest: Dieser … nennen wir ihn mal *Agent*, hat irgendwas mit Bilals Verschwinden zu tun. Er ist der Schlüssel zu Bilal. Wieso hauen wir vor dem Typen überhaupt ab? Soll der doch kommen. Dann stellen wir ihm eine Falle und zwingen ihn, uns zu verraten, was mit Bilal ist.«

Levent klatschte sich an die Stirn. »Und wie stellst du dir das vor? *Oh, ihr habt mich erwischt, Leute, ich gestehe alles*?«

»Gut, dann sag du doch, was wir tun sollten.«

»Wir sollten zur Polizei gehen und eine Vermisstenanzeige aufgeben«, sagte Levent.

»Das klingt jetzt vielleicht wieder paranoid, aber …« Hischam sah die beiden besorgt an. »Was, wenn der britische Geheimdienst dahinter steckt? Im Moment können wir doch schlicht nichts ausschließen.«

»Ja, da gebe ich ihm recht. Es könnte genauso der Geheimdienst sein«, sagte Tareq.

»Sagt mal, habt ihr zu viel *Road to Guantanamo* geguckt oder was? Wir haben uns nichts vorzuwerfen.« Levent klang schon fast wieder so pragmatisch wie sonst.

»Das hatten die bei *Road to Guantanamo* auch nicht«, gab Tareq zu bedenken.

»Außerdem, wenn der Geheimdienst wirklich dahinterstecken sollte, dann hätten die uns auch gleich am Flughafen festnehmen können. Spätestens beim Rückflug wären wir dann fällig. Da könnten wir uns auch gleich ergeben«, sagte Levent.

»So einfach ist das nicht. Die wollen einem meist erst mal was anhängen und erst dann festnehmen. Das Ganze muss ja irgendeinen Grund haben. Die haben jetzt meine Kreditkarte und könnten damit irgendwelche Finanztransfers durchführen und es mir dann anlasten«, sagte Tareq.

Levent sah ihn verblüfft an. Dann grübelte er eine ganze Weile vor sich hin. Er bemerkte, dass Hischam mit sich zu hadern schien.

»Was hast du?«

»Was ist mit den Eltern von Bilal? Sollten wir denen nicht Bescheid geben?«, fragte Hischam.

»Den Eltern geben wir erst Bescheid, wenn der richtige Zeitpunkt gekommen ist«, sagte Levent.

»Und wann soll der sein?«

»Erst am Tag des Rückfluges. Keinen Tag früher. Mit der Polizei warten wir auch bis zum Abflugtag. Erst wenn all unsere Bemühungen nicht fruchten, wenden wir uns an die Eltern von Bilal und an die deutsche Botschaft. Es ist noch viel zu früh, um jetzt schon Alarm zu schlagen«, sagte Levent. »Vielleicht spinne ich ja auch einfach nur, bin angesteckt von Hischams Paranoia und irritiert von dem Spinner mit der Kamera. Womöglich ist Bilal am Hinterausgang einfach nur ein paar Mädchen mit einem Tablett voll Hühnerbeinen begegnet und mitgedackelt wie ein Hündchen. Vielleicht liegt er jetzt vollgefressen in einem Zimmer im ersten Stock und denkt nicht mal an uns.«

»Hm«, machten Hischam und Tareq gleichzeitig.

»Okay, warten wir noch.«

Der Morgen graute schon, als sie den Imbiss verließen. Sie kamen an einer kleinen Moschee vorbei und verrichteten das Morgengebet. Danach gingen sie ziellos durch die Straßen. Jede Menge Nachtschwärmer waren gerade auf dem Weg in ihre Hotels.

Sie setzten sich auf eine Bank am Ufer eines Kanals und sahen den Partybooten zu, die teilweise jetzt erst von ihren Touren zurückkamen.

Tareq wischte auf seinem Smartphone rum. »Jemand hat vor einer halben Stunde mit meiner Kreditkarte eine Rechnung beglichen«, sagte Tareq geschockt.

»Was für 'ne Rechnung? Geht das denn so schnell?«, fragte Levent.

»Allerdings. Die Abrechnungen werden in Echtzeit vorgenommen. Hier steht, dass es in einem Laden mit dem Namen *Pret a Manger* abgerechnet wurde.«

»Wir sollten mal Tim anrufen und fragen, ob er uns hilft«, schlug Levent vor.

»Gute Idee«, meinte Tareq und suchte die Nummer, die er im Hostel erhalten hatte, in seiner Adressliste.

»Wie, jetzt? Aber es ist doch irre früh …«

Tareq sah Hischam an. »Wenn er schläft, wird er es ja wohl ausgemacht haben. Vielleicht ist er ja Frühaufsteher.« Als er ein Freizeichen hörte, hielt er das Handy so hin, dass alle etwas hören konnten.

»Ja?«, meldete sich eine Stimme am anderen Ende.

»Hallo Tim? Ich bin's, Tareq vom *Lime Corner*. Dein Kollege hat mir deine Nummer gegeben. Wir haben ein Problem und könnten deine Hilfe brauchen …«

»Meinst du, dem können wir trauen?«, fragte Hischam, als sie auf dem Weg zum *Pret a Manger* waren, den sie googeln konnten. Er lag an der New Bridge Street.

»Tim scheint korrekt zu sein. Sein Kollege hat ihm von uns erzählt, deswegen hat er mit unserem Anruf gerechnet.«

»War es wirklich eine gute Idee, uns zu trennen?

»Sonst dauert das doch alles ewig«, antwortete Tareq nur.

***

Levent ging in die *Camden High Street* und stürzte sich ins Getümmel. An beiden Seitenstraßen türmten sich zweistöckige Ramschläden auf. Er suchte nach einem Gebäude, an dessen Wand ein Bild von Amy Winehouse mit Flügeln in den britischen

Nationalfarben gesprayt sein sollte. Tim hatte gemeint, dass er die Adresse so am schnellsten finden würde.

Camden Market war eine Ansammlung von sechs verschiedenen Marktbereichen, die ineinander übergingen. Tattoostudios, Piercingläden, Bars, Kneipen, Imbissstände, Stoffläden und Musikgeschäfte drängten sich auf engstem Raum und es war schon morgens ein einziges Geschubse und Gedränge. Es dauerte dennoch eine Weile, bis er sich zu dem Graffiti durchgefragt hatte und er endlich ein verfallenes Wohnhaus sah, an dessen Seitenfassade ein fünf Meter großes Bild von Amy Winehouse prangte.

Tim hatte gesagt, Levent solle ihn einfach anschreiben, wenn er vor dem Haus sei, also schickte er ihm eine SMS. Dann setzte er sich auf einen kleinen Vorsprung und stellte den Trolley neben sich, den er die ganze Zeit mit sich rumschleppte. Dass das Köfferchen dabei bereits reichlich in Mitleidenschaft gezogen wurde, ärgerte ihn, obwohl er wusste, dass das den Umständen entsprechend albern war.

Kurze Zeit später kam Tim um die Ecke. Im Gegensatz zu gestern trug Tim heute keinen langärmeligen Pullover, sodass man sehen konnte, dass sein gesamter rechter Arm mit Tätowierungen übersät war.

Levent reichte ihm die Hand. »Hallo, Tim. Gut dass du da bist.«

»Hi, Mann. Alles, was ich gesehen habe, hätte ich dir auch am Telefon sagen können. Warum mussten wir uns unbedingt treffen?«

Levent sah sich um. »Vielleicht liege ich völlig falsch, aber ich habe das Gefühl, dass wir in Schwierigkeiten stecken, die man besser unter vier Augen bespricht …«

**

»Ist es noch weit?« Hischam wechselte demonstrativ seine Tasche in die andere Hand.

Tareq nahm sie ihm mit der freien Hand ab. In der anderen hielt er schon Bilals Tasche, dazu hatte er seinen Rucksack auf dem Rücken. »Es ist gleich da vorne, das schaffst du schon noch.«

Sie wollten versuchen herauszufinden, wer mit Tareqs Kreditkarte bezahlt hatte und waren daher zum *Pret a Manger* marschiert, einem Coffeeshop ganz in der Nähe.

»Mensch lass mich einfach hier warten«, stöhnte Hischam und setzte sich auf eine Bank. »Das Gepäck kannst du auch hierlassen.«

»Na gut«, meinte Tareq und stellte Tasche und Rucksack neben der Bank ab. »Ich hatte eigentlich gehofft, du könntest mir mit deinen Sprachkenntnissen helfen.«

»Blödsinn. Das ist London und du kannst Englisch, so what?«

»Ach wieder wahr«, brummte Tareq. »Also bis gleich.«

Das war für die frühe Stunde erstaunlich voll. Es sah so aus, als würden sich in dem Laden Angestellte auf dem Weg zur Arbeit, Touristen und übrig gebliebene Nachtschwärmer mit frischen Sandwiches, Wraps, Salaten und anderen Snacks eindecken. An der Kasse herrschte Hochbetrieb.

Tareq versuchte, in dem Gewimmel zu erkennen, ob es auch einen Angestellten gab, der nicht an einer Kasse stand, aber vergeblich. Also ging er an den Wartenden vorbei und sprach einen der Kassierer an: »Excuse me ...«

Der winkte ihn einfach weg, ohne ihn auch nur anzusehen.

»Sorry, I ...«

»Get in line.«

Die Wartenden sahen Tareq grimmig an.

»I only want to ask ...«

»Me too«, grinste ein kräftiger Kerl und stemmte die Hände in die Hüften.

Tareq hob ergeben die Schultern und stellte sich an.

Als Tareq endlich an der Reihe war, blaffte ihn der Mann an der Kasse an: »What do you want?«

Mit Händen und Füßen erklärte Tareq sein Anliegen, aber der starrte ihn nur verständnislos an.

Schließlich rief er in einer Sprache, die Tareq nicht zuordnen konnte, nach jemandem namens Ali.

Eine Tür ging auf und ein glatzköpfiger alter Mann in einem etwas abgetragenen Anzug erschien.

Der Mann an der Kasse hatte bereits angefangen, den Burschen hinter Tareq zu bedienen, und deutete auf ihn. Dazu rief er wieder etwas Unverständliches. Für Tareq klang es wie Russisch, aber das konnte ja nicht sein, denn der Mann hatte eindeutig südländisches Aussehen.

»My Friend, how can I help you?«, fragte der Alte.

»Äh ... oh. Sorry, meine Kreditkarte, äh, my Creditcard ...«

»Was ist damit?« Der Alte wedelte genervt mit der Hand.

»Oh, Sie ... großartig. Also meine Kreditkarte wurde gestohlen und hier benutzt.«

Der Mann zuckte mit den Schultern. »Gehen Sie zur Polizei.«

»Bis die was unternehmen … Können Sie mir nicht sagen, wer sie benutzt hat?«

Der Alte sah ihn mit großen Augen an und deutete dann in die Runde: »Vielleicht einer von denen? Oder einer von denen davor?«

Tareq ließ die Arme hängen. »Gibt es eine Überwachungskamera?«, fragte er dann hoffnungsvoll.

»Nein.« Der Alte sah ihn einen Moment an, dann ging er wieder zu der Tür, durch die er gekommen war.

Tareq war so verblüfft, dass er einfach stehengelassen wurde, dass er dem Mann nur mit offenem Mund hinterherstarren konnte.

Der kam aber umgehend wieder zurück und hielt eine Kreditkarte hoch. »Wie heißen Sie?«, wollte er wissen.

»Ich … äh, Jan Fischer.«

Der Alte sah auf die Kreditkarte in seiner Hand und nickte. »Haben Sie einen Ausweis?«

Tareq bekam vor Aufregung ganz heiße Ohren. »Ja, klar, Moment.« Er holte umständlich seinen Ausweis hervor und reichte ihn dem Mann.

Der nickte und gab Tareq den Ausweis sowie seine Kreditkarte zurück. An der Kreditkarte klebte eine gelbe Post-it-Notiz.

»Die haben wir heute Morgen auf einem der Tische gefunden. Okay?«

Tareq nickte fassungslos, da drehte sich der Alte wieder um und ging, diesmal endgültig.

Tareq starrte auf die Kreditkarte in seiner Hand. Nur langsam realisierte er, dass auf dem gelben Zettel etwas auf Arabisch stand.

***

»Mensch Tim! Ist das so was wie die Vorstufe zur Hölle oder was? Man versteht ja sein eigenes Wort kaum!«, schrie Levent.

Tim klopfte ihm auf die Schulter und sagte: »Moment noch.«

Er schob Levent weiter durch den verqualmten Klub, bis sie an den Toiletten vorbeikamen. Levent hatte seine liebe Not gehabt, mit dem Trolley niemandem die Füße wegzureißen, erstaunlicherweise hatte ihn aber nicht einer schräg angesehen, als ob hier ständig Leute mit Trolleys durchmarschierten – oder noch schrägere Dinge.

Neben den Klos ging noch eine Tür ab. »Da rein«, brüllte Tim gegen den Lärm aus den Boxen an.

Als Levent in den schmalen Gang trat, der hinter der Tür lag, wurde es schlagartig ruhiger, dafür roch es etwas streng. »Wo sind wir hier?«

»Abkühlraum«, grinste Tim. »Hier geht man rein, wenn man von irgendwas zu viel oder zu wenig genommen hat und so was wie frische Luft braucht, aber nicht vor die Tür will. Um diese Zeit ist das hier aber nicht mehr nötig. Hier sind wir ungestört. Also sag schon, was für Schwierigkeiten sind das, von denen du gesprochen hast?« Mit einem Mal wirkte Tim sehr ernst und in gewisser Weise auch bedrohlich. Der fröhliche Ausdruck in seinen Augen war einer steilen Stirnfalte gewichen und das Lächeln hatte seine Mundwinkel verlassen.

»Na ja, das ist kompliziert.«

»Versuchs einfach.« Tim verschränkte die Arme.

Levent bemerkte, dass Tim sich zwischen ihm und dem Ausgang befand und musste schlucken. »Unser Freund ist verschwunden.«

»Sagtest du schon.«

»Und irgendwer verfolgt uns.«

»Wer?«

»Keine Ahnung, so ein Typ, taucht überall auf und starrt zu uns rüber.«

Tim entspannte sich merklich. »Das ist alles? Deswegen machst du so einen Aufriss?«

»Jemand hat Tareqs Kreditkarte aus dem Zimmer gestohlen.«

»Tareq?«

»Ah ja, mit bürgerlichem Namen Jan Fischer. Unter Jan Fischer hat er bei euch eingecheckt. Sein Name Tareq beruht auf …«

Doch das schien Tim nicht mehr weiter zu interessieren. Daher schnitt er Levent das Wort direkt mit einer Frage ab: »Warum hat er sie dagelassen?«

»Angst vor Taschendieben«, brummte Levent und sah beschämt zu Boden.

Tim lachte auf. »Superidee. Das ist ein Hostel, nicht das Ritz.«

»Wissen wir inzwischen auch.«

»Das war alles? Sorry, Mann, ich hab euren Kumpel nicht gesehen und mit der Kreditkarte kann ich euch auch nicht helfen. Lasst sie einfach sperren.«

»Verdammt!« Levent klatschte sich an den Kopf.

»Habt ihr nicht dran gedacht«, stellte Tim grinsend fest.

»Doch, aber dann vergessen.«

Tim hob die Schultern. »Alles klar, ich muss dann mal …«

Tim war schon dabei sich abzuwenden, doch Levent packte ihn an der Schulter. »Jetzt wart' doch mal. Das klingt jetzt vielleicht alles etwas blöd und kann das auch nicht richtig begründen, aber wir sind ziemlich sicher, dass etwas nicht stimmt.«

Tim schob Levents Hand beiseite und wandte sich ihm wieder zu.

»Und was soll ich da machen?«

Nun war es Levent, der die Schultern hob. »Keine Ahnung, aber außer dir kennen wir hier niemanden.«

»Mich kennt ihr auch nicht.« Tim sah ihn reglos an. »Und ich kenne euch nicht ...«

Levent wurde hellhörig. »Sonst?«

Tim verschränkte die Arme und trat unruhig von einem Fuß auf den andern. »Sonst ginge da vielleicht was. Ist halt 'ne Preisfrage.«

»Wie meinst du das?«

»Na ja ... ihr wollt wissen, wo euer Kumpel ist und ich ... ich könnte es vielleicht rauskriegen.«

»Und wie?«

»Ich kann es halt. Wie viel ist es euch wert?«

»Echt jetzt? Du willst Kohle? Mann, wir haben Angst um unseren Freund und du willst Geld?«

Tim zuckte mit den Schultern. »Wenn du 'nen Privatdetektiv anheuerst, kostet der ja auch was.«

Levent sah ihn fassungslos an. Am liebsten würde er Tim jetzt mit seinen spitzen Schuhen in den Schritt treten.

»Wie gesagt, wir kennen uns nicht. Wir sind keine Freunde. Also was ist jetzt, interessiert?«

Levent nickte langsam. »Und wie?«

»Ich brauche nur den Namen, die Handynummer, alle Multimediaaccounts und was ihr sonst noch habt. Geburtsdatum, Adresse und so. Kennst du eines seiner Passworte?«

»Dann bräuchte ich ja keinen Hacker. Du bist doch Hacker, oder?«

»Klar. Ich brauche halt was zum Anfangen, also was kannst du mir geben?«

Levent holte sein Handy raus und gab Tim die Handynummer von Bilal, dessen E-Mail-Adresse, Facebook-Account, Postanschrift und was er sonst noch wusste, außerdem seine eigene Handynummer und die der anderen.

»Ich melde mich, wenn ich was habe«, meinte Tim, als er alles notiert hatte.

»Und was machst du jetzt?«

»Ich versuche, mich irgendwo reinzuhacken und von da aus weitere Verbindungen und Zugangsdaten zu finden. Wenn es gut läuft, kann ich mich sogar mit seinem Handy verbinden und eine Ortungs-App aktivieren. Kostet euch fünfhundert.«

»Was? Bist du irre? Glaubst du, wir wären in der Bruchbude von einem Hostel abgestiegen, wenn wir reich wären?«

»Das ist mein Preis. Erzähl mir nicht, dass ihr das nicht zusammenkriegt. Was euer Kumpel Bilal mit euch macht, wenn er rauskriegt, dass ich seinen Privatkram ausgeschnüffelt habt, wird viel schlimmer. Also was, sind wir im Geschäft?«

Levent ballte die Fäuste und nickte.

»Gut, ich melde mich.« Damit ließ er Levent stehen.

Da er immer noch sein Smartphone in der Hand hielt, probierte Levent, Hischam anzurufen, aber er hatte keinen Empfang.

***

Als Tareq zu Hischam zurückkam, hielt er die Kredikarte wie eine Trophäe hoch. »Ich hab sie wieder!«, rief er.

Hischam sah ihn verwirrt an. »Wie jetzt …«

»Die lag da auf dem Tisch und sie haben sie mir gegeben. Aber hier, guck mal, da hing ein Zettel dran.«

»Was?« Hischam nahm die Post-it-Notiz, die Tareq ihm entgegenhielt. »Hä? Wo hast du das denn her?«

»Klebte dran. Was steht da? Du kannst doch Arabisch, oder?«

»Mann, Alter, klar, aber … meinst du wirklich, das gehört dazu?«

»Wieso?«

Hischam sah in kurz an, dann sagte er: »Da steht: *Haltet euch da raus ihr Hundesöhne!* Hundesöhne … Wer schreibt so was?«

»Na …«

»Schon klar, ich weiß, wer so was schreibt. Aber wieso an dich? Was soll das überhaupt?«

»Ich …« Tareq steckte mit zitternden Fingern seine Kreditkarte ein. »Das muss eine Botschaft sein. Die haben meine Kreditkarte geklaut, um uns diese Botschaft zu schicken.«

»Und warum nicht einfach eine Mail oder ein Zettel unter der Tür?« Hischam verschränkte die Arme.

»Weil es so etwas wirkungsvoller ist, oder nicht? Auf diese Weise ist gleich klar, dass es kein Scherz ist. Jemand will uns damit beweisen, dass wir nicht sicher sind. Dass wir abhauen sollen.«

Hischam ließ die Arme wieder sinken. »Verdammte Scheiße …«

***

Als Levent den Klub verließ und auf die Straße
trat, schmerzte ihn das grelle Sonnenlicht in den
Augen, dafür sog er gierig die frische Luft ein,
nicht zuletzt, weil er beim Rausgehen noch auf
dem Klo war, was ihm fast den Atem verschlug.

Nachdem er ein paar Tränen weggeblinzelt hatte, trat er in den Schatten eines Baumes und rief
abermals Hischam an. Als der sich nicht meldete,
versuchte er es bei Tareq.

»Na endlich, wir dachten schon, du seist auch
verschwunden.«

»Was ist mit Hischam?«

»Was soll mit ihm sein?«

»Er geht nicht ans Handy.«

»Hischam? Ist dein Akku leer?«, fragte Tareq.

Levent konnte hören, wie Hischam im Hintergrund *Scheiße* sagte.

»Seht zu, dass ihr eure Handys irgendwo aufla-
det. Wir müssen uns aber sowieso treffen.«

»Warum, was ist?«

»Na ja, wir müssen überlegen, was wir als
Nächstes machen.«

»Ich habe meine Kreditkarte wieder«, platzte es
aus Tareq heraus. »Mit einer Notiz. Ich glaube,
wir stecken echt in Schwierigkeiten.«

»Na super«, brummte Levent.

»Was?«

»Wir treffen uns am Bahnhof.«

»Welcher Bahnhof?«

»Central Station. Bei den Gepäckfächern. Ich habe keinen Bock mehr, den scheiß Trolley hinter mir herzuziehen.«

»Gute Idee«, sagte Tareq. »Bis gleich.«

Levent starrte verblüfft den Hörer an. Tareq hatte einfach aufgelegt. »Salak«, brummte er.

Kapitel 4

Freitag, 10.00 Uhr, noch 54 Stunden bis zum Rückflug

»Wir müssen fünfhundert Pfund auftreiben«, sagte Levent, als er um die Ecke kam.

»Was! Wieso das denn?«, rief Hischam.

»Dir auch einen guten Morgen«, sagte Tareq. »Schön dich zu sehen.«

»Lass den Scheiß!«, motzte Levent. »Tim hat wohl nichts gesehen, aber er meint, er kann sich in Bilals Handy und so reinhacken und es orten. Dafür will er aber Geld sehen. Wenn wir unser Problem zeitnah lösen wollen, ohne die Polizei mit ins Spiel zu bringen und Bilals Eltern zu verschrecken, bleibt uns wohl nichts anderes übrig.« Levent beobachtete, wie Tareq ihn besorgt mit den Augen fixierte.

»Und wenn der Typ ein Betrüger ist? Fünfhundert, Mensch … Und was, wenn der mit in der Sache drinsteckt und uns in eine Falle lockt?«, fragte Tareq.

»Jetzt werd' mal nicht paranoid. Der will nur das Geld. Wenn er uns in eine Falle locken wollte, hätte er es sicher billiger gemacht.«

Tareqs Blick wich einem resigniert nachdenkli-
chen Gesichtsausdruck. Er knabberte hektisch am
Daumen und schaute zu Hischam rüber. Der reagierte aber nicht. Dann wandte er sich wieder
Levent zu: »Hm, na gut. Und was erhoffst du dir
dadurch?«

»Na, wenn wir Bilals Handy orten können,
wissen wir, wo er steckt. Und über Facebook und
so können wir vielleicht nachvollziehen, was hier
abgeht. Vielleicht ist das alles nur ein großer Irr-
tum, dann wird er uns das sicher verzeihen, er hat
bestimmt nichts vor uns zu verbergen. Aber wenn
da irgendwas faul ist, finden wir es über seine So-
cial-Media-Accounts vielleicht raus. Mit wem er
Kontakt hat und so. Vielleicht hat er ja Drohungen
bekommen? Per WhatsApp oder so?«

»Oder so, oder so …« Hischam verschränkte
die Arme. »Gefällt mir nicht.«

»Mag ja sein, aber wir haben wohl keine andere Wahl. Wenn wir nichts tun, lassen wir Bilal
hängen.«

»Ich denke, Levent hat recht. Denk an den Zettel«, pflichtete ihm jetzt Tareq bei.

Hischam rollte mit den Augen.

Levent wechselte mit seinen Blicken unruhig
zwischen Hischam und Tareq hin und her. »Welcher Zettel?«

Tareq hielt Levent das Post-it hin.

»Das sind Hieroglyphen für mich. Mit meinem Arabisch bin ich froh, überhaupt den Koran lesen zu können.«

»Da steht: Mischt euch nicht ein, ihr Hurensöhne.«

»Hundesöhne«, korrigierte Hischam. »Haltet euch da raus, ihr Hundesöhne.«

Levent sah sie verwirrt an.

»Der klebte an meiner Kreditkarte. Die lag in dem Laden auf dem Tisch. Einfach so. Das ist eine Botschaft.«

»Glaubst du«, brummte Hischam.

»Glaub ich auch«, meinte Levent und rieb sich über die Augen. »Verdammt noch mal!« Er holte tief Luft, dann schnappte er sich seinen Trolley und wuchtete ihn in ein offenstehendes Schließfach. »Jemand bezahlt mit deiner Kreditkarte und lässt diese im Coffeeshop zurück mit der Aufforderung, uns nicht in irgendetwas einzumischen. Die Frage ist doch wohl, in was sich Bilal da verwickelt haben könnte oder ob das Ganze überhaupt was mit ihm zu tun hat? Also wirklich aufschlussreich war die Information nicht.«

Tareq faltete das gelbe Post-it zusammen und steckte es in seine hintere Hosentasche.

»Ich finde sie auf jeden Fall alarmierend. Das beweist doch eindeutig, dass Bilal in Schwierigkeiten steckt – oder wir! Ist das keine neue Erkenntnis? Ich glaube, Bilal ist in Gefahr. Jetzt haben wir endlich Gewissheit und müssen sofort zur Botschaft und zur Polizei. Bilals Eltern rufe ich gleich mal an, sie haben ein Recht zu erfahren, dass ihr Sohn in Schwierigkeiten steckt.« Tareq holte sein Smartphone hervor.

Levent nahm es ihm aus der Hand. »Jetzt warte doch mal! Denkst du denn gar nicht nach, Junge? Seine Mutter hatte vor paar Wochen eine Herzkatheteruntersuchung. Willst du, dass die Frau an Herzversagen stirbt?«

»Beruhigt euch doch mal«, sagte Hischam und trat zwischen die beiden. Er nahm Levent Tareqs Handy ab und reichte es diesem.

Levent steckte nun Münzen in das Schließfach, schloss die Tür und zog den Schlüssel ab.

»Wann willst du es ihr sagen?«, zeterte Tareq. »Wenn wir ohne ihren Sohn in Berlin landen? Und was ist mit der Polizei? Wieso sollen wir der nicht Bescheid sagen? Du warst doch derjenige, der das vorgeschlagen hatte. Das und die Sache mit der Botschaft.«

»Und von wem ist die Botschaft?«, fragte Hischam gedehnt.

»Von unserem Verfolger?«

»Wo ist der überhaupt?«

»Was soll das denn jetzt heißen? Vermisst du ihn?«

»Ich fühle mich beobachtet. Und wenn ich weiß, wer mich beobachtet, dann fühle ich mich wohler. Wir wollten den Kerl schnappen und zur Rede stellen, stattdessen schickt er uns Botschaften.«

»Na ja, wenn der das überhaupt war.«

»Und wenn es gar keine Botschaft war?«, meinte Levent plötzlich.

Die beiden anderen sahen ihn verwundert an.

»Vielleicht hat er unsere Spur verloren nach der Aktion im Hostel …«

Tareq schlug sich an den Kopf. »Und dann wartet er seelenruhig vor dem Coffeeshop auf mich und hat uns wieder.«

»Das konnte er doch vorher nicht wissen. Also warum hätte er dann die Kreditkarte klauen sollen?«

»Auch wieder wahr.«

»Wer weiß, was er ursprünglich damit vorhatte. Vielleicht hat er improvisiert, als er uns verloren hat. Wir müssen jedenfalls davon ausgehen, dass er dir gefolgt ist.« Levent sah sich nervös um.

Im Bahnhof herrschte hektischer Betrieb. Große Menschenmassen eilten zu ihren Zügen. Die

Rollkoffer, die laut über den Steinboden klapperten, wurden nur von den noch lauteren Bahnhofsansagen übertönt, die im Minutentackt ausgerufen wurden. Einige Passanten tranken auf den Sitzbänken ihren Kaffee und einige lasen Zeitung.

Moment. Da liest ja jemand Zeitung. Warum versteckt der sich dahinter? Ist das nicht unser Mann? Levent behielt seinen Gedanken vorerst für sich. Er bedeutete Tareq und Hischam, ihr Gepäck ebenfalls in einem Schließfach zu verstauen. Währenddessen behielt Levent den Mann, dessen Gesicht er hinter der Zeitung nicht sehen konnte weiterhin im Auge und versuchte, Bilal telefonisch zu erreichen, doch ohne Erfolg.

Der Mann faltete die Zeitung zusammen. Levent sah, dass er nicht mal im Entferntesten wie ihr Verfolger aussah. Er hätte schwören können ihn hier irgendwo gespürt zu haben. Als Tareq und Hischam ihn antippten schreckte er auf.

»Was ist denn mit dir?«, fragte Tareq.

»Ach du Scheiße, was für eine beschissene Situation«, stieß Levent trocken aus.

»Ich erzähle deiner Mutter, wie oft du gottlose Ausdrücke gebrauchst«, sagte Tareq, ohne die Miene zu verziehen.

»Hundesohn«, knurrte Hischam und musste trotz allem grinsen.

»Eigentlich glaube ich nicht, dass unser Agent etwas mit dem Verschwinden Bilals zu tun hat«, sagte Levent schließlich. »Irgendwie passt das nicht.«

»Das ist doch völlig irrational.«

»Bauchgefühl.«

»Raterei.«

»Letztlich ist es egal. Wir haben keine Ahnung, was hier läuft. Wir können nur hoffen, dass Tim was findet.«

»Für fünfhundert.« Tareq sah Levent besorgt an. »So viel haben wir doch gar nicht.«

»Das weiß Tim aber nicht.«

»Warte mal … willst du ihn abzocken? Miese Idee … Ganz miese Idee!«

Levent hob die Schultern. »Hast du eine bessere?«

Tareq blieb ihm die Antwort schuldig.

»Lasst uns was essen gehen, mir knurrt der Magen«, meinte Hischam nach einer Weile.

»Was macht dein Fuß?«, wollte Levent wissen.

»So langsam geht es wieder. Solange ich nicht fest auftreten muss. Also rennen oder Treppensteigen ist nicht drin. Für eine Flucht bin ich noch nicht wieder fit.«

»Tja, kann man sich leider nicht immer aussuchen«, murmelte Levent und steuerte auf den Ausgang zu.

»Wo willst du hin? Hier gibts doch jede Menge Buden?« Tareq wies in die Runde.

»Bahnhofspreise. Wir müssen sparen«, sagte Levent nur. Das war jedoch nur die halbe Wahrheit. Levent hatte in der Bahnhofshalle ein mulmiges Gefühl. Man konnte sie praktisch aus jeder Ecke ungestört beobachten.

»Dann lasst uns aber wenigstens hier noch mal aufs Klo gehen.«

»Im Restaurant ist es aber umsonst …«

»Im Imbiss ist es aber eklig«, äffte Tareq ihn nach.

»Und ein Bahnhofsklo ist erste Klasse, oder was?« Levent steuerte den Ausgang an, ohne weiter auf Tareq zu achten.

Sie fanden in der Nähe einen Imbiss mit Halal-Küche und gingen jeder mit einem gefüllten Fladenbrot zum nahe gelegenen Kanal, wo sie es sich auf einer Bank bequem machten.

»Fast wie Döner«, meinte Hischam.

»Ich komme mir komisch vor, hier Sightseeing zu machen, während Bilal vielleicht tot ist«, meinte Tareq, der bereits aufgegessen hatte und sich die Hände an der mageren Papierserviette abwischte.

»Tot? Wie kommst du denn darauf?«, kreischte Hischam und starrte ihn entsetzt an.

»Na ja, was soll denn sonst sein? Welche Gründe kann es für das Verschwinden eines großen kräftigen Mannes geben?«

»Hört auf mit dem Quatsch!«, befahl Levent und fasste die beiden an den Schultern. »Einer der Gründe, warum wir hier rumfahren, ist der, dass wir uns sonst nur verrückt machen.«

Levent bemerkte, wie Hischam seinen Freund noch immer entrüstet anstarrte. Er klopfte an Hischams Schulter und deutete über den Kanal. Auf der anderen Seite stritten sich ein paar Möwen um etwas Undefinierbares. »Was meint ihr, haben die einen Burger erbeutet oder was?«, wechselte Hischam das Thema.

»Kann sein, dass die eine Taube gekillt haben. Möwen machen so was, habe ich gelesen.«

»Im Ernst?« Hischam starrte Levent an. »Kannibalismus unter Vögeln?«

»Unsinn. Sonst wäre es ja auch Kannibalismus, wenn wir andere Säugetiere essen. Tauben sind doch keine Möwen.«

»Trotzdem irgendwie eklig.«

»Wollen wir das Zuhr-Gebet hier verrichten?«, fragte Hischam.

»Hier in der Öffentlichkeit?«, brummte Levent. »Ich lass mir beim Gebet nicht gerne zusehen.«

Tareq zischte. »Ich glaube, wir werden beobachtet.«

»Was? Wo …«, rief Hischam erschrocken und sah sich um.

»Sag ich dir, wenn du aufhörst, dich wie ein Idiot zu benehmen«, zische Tareq.

»Arschloch.«

»Jetzt sag schon«, zischte Levent zurück.

»Warum flüstert ihr? Steht er neben uns?«, ätzte Hischam.

»Da schwimmt eine herrenlose Barke auf dem Kanal«, sagte Tareq.

»Was ist eine Barke?«, fragte Levent.

»Ein kleines mastloses Boot«, murmelte Tareq.

»So was wie ein Ruderboot? Mensch, davon schwimmen hier Hunderte rum«, brummte Levent.

»Nee, die sind alle an den Stegen befestigt. Das da aber nicht. Und es ist nicht abgetrieben oder so, sondern treibt ungefähr an derselben Stelle. Wenn, dann ist es uns in der letzten halben Stunde sogar immer nähergekommen.«

»Da hat sich etwas bewegt!«, sagte Hischam.

»Wo?«, fragte Levent.

»Da liegt jemand flach auf dem Bootsboden. Er hat eine Regenjacke und eine Decke über sich gezogen«, sagte Tareq.

»Was machen wir jetzt?« Nun war es Hischam, der zischte.

»Im Moment wissen wir nicht, wer das ist. Wir bewahren Ruhe und behalten das Ding im Auge«, sagte Levent.

Tareq beugte sich mit zusammengekniffenen Augen vor. »Der filmt uns.«

Levent sprang auf. »Nee, das ist ein Fotoapparat. Ein Riesending mit Teleobjektiv!«

Der Mann in dem Boot setzte sich auf und fing an zu rudern, als wäre der Teufel hinter ihm her.

»Was ist denn jetzt los?«, rief Hischam.

»Der will abhauen! Los, den schnappen wir uns!«, schnaubte Tareq und sprang ebenfalls auf. »Da drüben ist ein Boot, los!«

»Willst du das klauen?«, fragte Levent vorsichtig und rührte sich nicht.

»Ausleihen! Los jetzt! Der haut ab!«

Zögernd folgten Hischam und Levent ihrem Freund.

Tareq war in das kleine Ruderboot gesprungen, das zwischen zwei Ausflugsbooten dümpelte, und war bereits dabei, die Leine loszumachen.

»Und wenn uns wer erwischt?«

»Mensch! Gefahr in Verzug oder wie das heißt! Los jetzt, springt rein!«

»Er hat recht«, sagte Levent entschlossen und stieg zu Tareq. »Jetzt ist es auch schon egal. Wenn wir von dem Typ ein paar Antworten bekommen können, ist es das wert.«

»Wo sind die Ruder?«

»Ach«, meinte Tareq. »Die hat der Besitzer wohl mitgenommen, damit sie ihm keiner klaut.«

»Na toll.«

»Hier sind sie«, sagte Hischam und reichte sie ihnen runter. Dann kletterte er mühsam zu ihnen hinab und stieg ebenfalls ein.

»Den kriegen wir doch nie im Leben«, meinte Hischam, als er sah, wie Levent und Tareq ungeschickt anfingen zu rudern.

Als sie nach fünf Minuten gerade mal in der Mitte des Kanals angekommen waren, stellte Levent fest: »Das wird so nix.«

»Der Bursche hat Fotos gemacht. Das passt nicht so ganz. Wenn er uns nur im Auge behalten soll, wären Fotos nicht nötig.« Levent hielt keuchend inne.

Tareq hörte nun auch auf, mit dem Ruder herumzufuchteln. »Was auch immer, er hat Antworten.«

»Den kriegen wir nicht mehr«, meinte Levent. »Planänderung. Der will uns im Auge behalten, hat dich sogar mit der Kreditkarte angelockt, als er uns verloren hatte. Na, jetzt hat er keinen Köder mehr und ist da drüber auf der anderen Seite. Also los, zurück und abhauen. Wenn wir ihn schon nicht kriegen, werden wir ihn wenigstens los.«

»Gute Idee«, schnaufte Tareq und setzte sich andersrum auf die schmale Ruderbank des Bootes.

Levent folgte seinem Beispiel, dann tauchten sie erneut die Paddel ein. Diesmal klappte es etwas besser.

»Siehst du ihn noch?«, fragte Tareq, als sie anlegten.

»Nee«, meinte Hischam.

Levent schlang das Seil ein paarmal um den Poller und kletterte an Land. »Bring die Ruder mit. Wo kommen die hin, Hischam?«

Er deutete auf eine Stelle in ein paar Meter Entfernung. »Die lagen einfach da drüben. Diebstahlschutz geht anders.«

»Da ist er wieder!«, rief Tareq und kam zu ihnen. »Los jetzt! Der ist noch auf der anderen Seite und weiß nicht, was wir vorhaben. Jetzt können wir ihn abhängen.«

So schnell es mithilfe seiner Freunde ging, humpelte Hischam zum Bahnhof zurück. Sie trugen ihn schon fast, sodass sie schweißnass aber zügig in der Halle eintrafen.

»Los, zur U-Bahn.«

»Nee, wir nehmen den Bus, das geht schneller.«

Hischam mit sich schleifend, erreichten sie den Hop-on-Hop-off-Bus, der gerade kam.

»So ein Glück!«, pustete Levent, als sie sich im Unterdeck in die Sitze fallen ließen.

»Aber echt. Endlich mal!«, keuchte Tareq. »Am besten steigen wir gleich die nächste oder übernächste Haltestelle wieder aus.«

»Gute Idee, nicht dass der einfach der Linie folgt«, meinte Levent und stand auf.

»He, nicht so schnell. Ich sitze gerade erst«, stöhnte Hischam.

»Ja, okay, die übernächste.«

Hischam rappelte sich mühsam hoch. »Verdammt, so kann das ja nicht besser werden. Ich müsste den Fuß eigentlich hochlegen.«

»Ja, schon klar. Bilal wird es dir sicher danken, dass du dich so für ihn einsetzt.«

»Hoffentlich«, sagte Hischam leise.

»Es geht ihm bestimmt gut«, meinte Levent und legte den Arm um ihn. »Es wird sich sicher alles aufklären.«

Schweigend verließen sie den Bus und gingen in die nächste Seitenstraße.

»Ich muss mich setzen«, sagte Hischam bestimmt.

»Nur noch bis zur nächsten Ecke. Da suchen wir dann eine Bank.«

»Die Mauer da tuts auch«, meinte Hischam und humpelte zu einem kleinen Vorsprung neben einem Hauseingang.

»Na gut. Und jetzt?«

»Wir warten, dass Tim sich meldet.«

»Und wann soll das sein?«

»Keine Ahnung. Der ist jetzt etwa drei Stunden zugange, nehme ich an. Also jeden Moment? Oder wie lange dauert so was ...«

»Weiß ich auch nicht«, seufzte Tareq, »aber ich bin fix und fertig. Ich könnte auf der Stelle einschlafen.«

»Ich auch«, stimmte ihm Hischam zu.

»Klar sind wir müde, aber ... na ja, wir könnten in den Park gehen und da ein Nickerchen machen, bis Tim sich meldet.«

»Gute Idee.«

Levents Handy gab eine Art Klatschen von sich.

»SMS für dich«, sagte Tareq, der den Ton kannte.

»Tim. Er ist fertig.«

»War ja klar«, brummte Hischam. »Tolles Timing.«

»Wir könnten ja auch später hin ...«

»Nee, das ziehen wir jetzt durch. Wer weiß, was mit Bilal ist. Los jetzt, kommt.«

»Ist das weit?«

»Halbe Stunde Fußweg«, meinte Levent.

»Lasst uns ein Taxi nehmen«, schlug Hischam vor. »Ich kann echt nicht mehr.«

»Okay«, meinte Levent. »Ist jetzt auch schon egal.«

Sie sahen sich um.

»Wir müssen wohl zurück zur Hauptstraße.«

»Oder wir gehen weiter in die Richtung und sehen, wohin wir da kommen.«

»Hauptstraße«, beharrte Hischam.

»Okay, okay«, sagte Levent. »Dann komm.« Er legte sich Hischams rechten Arm um die Schulter und wartete, dass Tareq die andere Seite übernahm. Dann gingen sie langsam wieder zurück.

***

Es war fast ein Uhr mittags, als sie am *Camden Market* aus dem Taxi stiegen.

»Allah stehe uns bei«, stöhnte Hischam.

»Was ist?« Levent sah ihn beunruhigt an.

»Ich kann nicht mehr. Ich muss mich ausruhen. Und die ganze Sache mit Tim. Ich weiß nicht.«

»Gut. Wir werden uns ausruhen. Wenn wir einen sicheren Ort haben, schlafen wir erst einmal aus und beraten dann über die weiteren Schritte«, sagte Levent und ignorierte Hischams Zweifel. »Aber jetzt lasst uns erst mal sehen, was Tim für uns hat.«

»Wie wollen wir das mit der Bezahlung machen?«

»Hm.« Levent sah sich um. »Da ist ein ATM. Ich würde sagen, wir legen zusammen. Jeder einhundert. Das muss dann halt reichen.«

»Einhundert Euro … So ein Wahnsinn!«, jammerte Hischam.

»Nee, einhundert Pfund«, korrigierte ihn Levent.

»Passt auf, wir geben ihm dreihundert Euro und gut. Er wird das Geld schon nehmen. Okay? Hischam? Okay?« Tareq sah seinen Freund an.

»Na gut.«

Gemeinsam gingen sie zu dem Geldautomaten.

»Das kostet pro Abhebung doch mindestens fünf Euro«, meinte Tareq.

»Stimmt. Dann hebt nur einer was ab und die anderen geben es ihm später zurück«, schlug Levent vor. »Wer hat genug auf dem Konto?«

Hischam sah betreten zu Boden.

»Ich mach das«, sagte Tareq und steckte seine EC-Karte in das Gerät.

»Danke, Bruder«, sagte Levent leise. »Ich schreibe Tim, dass wir hier sind.«

Sie trafen sich vor demselben Klub, in dem sie schon am Morgen waren, doch diesmal lotste Tim sie in eine Seitenstraße.

»Und? Habt ihr das Geld?«

»Hör mal«, meinte Levent, »das ist verdammt viel Kohle. Ich mach dir einen Vorschlag: Wir geben dir das Geld, aber dafür lässt du uns ein paar Stunden bei dir schlafen, okay?«

»Seid ihr irre? Geht zurück ins Hostel!«

»Zu gefährlich.«

Tim hob die Hände. »Dann ist es mir auch zu gefährlich.«

Levent seufzte. »Bitte, Mann. Nur ein paar Stunden.«

Tim sah ihn einen Moment an, dann warf er die Arme in die Luft. »Ich fass es nicht, dass ich das tue. Herr im Himmel, bitte lass mich das nicht bereuen!«, rief er. »Dann los.« Er drehte sich um und stapfte davon.

Levent sah die anderen verblüfft an, dann lief er Tim nach. »Danke, Mann. Ehrlich!«

Als sie in Tims Wohnung traten, waren sie erstaunt: Es sah geradezu spießig aus. Der tätowierte Hacker lebte in einem penibel sauberen und aufgeräumten IKEA-Ambiente. Im Wohnzimmer hing ein riesiger Fernseher an der Wand, auf der anderen Seite des Raumes standen zwei Schreibtische nebeneinander, auf denen zwei große Bildschirme und zwei Laptops standen. Unter dem Tisch blinkten auch einige Lämpchen.

»Du bist ja ganz gut ausgestattet«, meinte Levent anerkennend.

Tim kicherte erneut. »So sieht das mehr oder weniger bei jedem E-Sportler aus.«

»Was?«

»E-Sport … Computerspiele? Lebt ihr hinterm Mond?«

»Ach so. Nein, ich dachte nur …«

»Ich habe die Koordinaten von eurem Freund und die Zugangsdaten zu seinen Accounts: Twitter, Facebook, Instagram.«

»Okay«, brummte Levent. »Und … wo?«

Tim sah ihn auffordernd an.

»Hier«, sagte Tareq und hielt Tim das Geld hin.

Tim nahm die Scheine und sah sie lange an. »Nicht grade viel«, meinte er dann. »Na ja, besser als nichts.« Vergnügt öffnete er eine Schublade und holte einen Zettel heraus, den er Levent gab. Darauf standen die Zugangsdaten von Bilals Accounts.

»Lass mich raten, du hättest das auch für 'nen Fuffi gemacht, oder?«

Als Levent sein Smartphone herausholte, wies Tim grinsend auf den Schreibtisch. »Setz dich, es ist noch alles offen.« Er stupste die Maus an und die eben noch schwarzen Monitore erwachten zum Leben und zeigten nebeneinander Facebook-, Twitter-, Instagram- und WhatsApp-Seiten.

»Du hast WhatsApp auf dem Rechner?«

»Klar, es gibt auch eine Version für PCs«, meinte Tim jovial.

Levent setzte sich und überflog die beiden Bildschirminhalte. Dann widmete er sich dem WhatsApp-Fenster. »Seine letzte Nachricht in der Nacht seines Verschwindens ging an eine gewisse Lina: *I'll be right there!*«

»Ich bin gleich da? Meinst du, er wurde gar nicht entführt und ist mit einem Mädchen durchgebrannt?« Tareq beugte sich vor und sah Levent über die Schulter.

»Du kennst doch Bilal.«

»Also nicht.«

»Kann ich mir jedenfalls nicht vorstellen.«

»Und wer ist die dann?«

»Hast du das alles schon gelesen, Tim?«

»Sorry, mein Arabisch ist echt mies, wisst ihr?«

»Stimmt ja«, brummte Levent.

»Aber das ist doch Englisch«, meinte Tareq.

»Ist ein wilder Mischmasch.«

»Hm, das muss ich mir in Ruhe ansehen«, meinte Levent. »Mein Arabisch ist nun auch nicht das Beste«, untertrieb Levent und sah Hischam erwartungsvoll an.

»Ich mach das«, sagte Hischam nur. »Aber erst muss ich schlafen.«

Tim nickte ihm zu. »Macht es euch auf dem Sofa bequem. Aber Schuhe aus.«

»Klar.«

»Das wirst du noch bereuen«, grinste Tareq.

»Witzbold«, grunzte Hischam und drehte sich schon in die Polster.

»Was ist mit den Koordinaten von Bilals Handy?«, fragte Tareq.

»Kriegt ihr, aber …«

»Was?«

»Na ja, schaut mal.« Er öffnete ein anderes Fenster auf dem linken Monitor. »Das Programm gibt euch nicht nur die aktuellen GPS-Koordinaten, sondern zeichnet auch die Strecke, die das Handy zurückgelegt hat. Ich denke mal, für euch dürften die letzten vierundzwanzig Stunden von Interesse sein. Seht ihr?« Er zeigte auf eine Zeile des Programmfensters. »Das letzte Signal ging vor etwa zwölf Stunden aus. Danach bricht das Signal ab.«

»Wie kann das sein? Ist es möglich, dass er in einem Funkloch oder so steckt?«, fragte Levent.

»Na ja, die Spur verliert sich auf der Themse. Das kann alles Mögliche bedeuten. Da ist der

Empfang tatsächlich manchmal etwas schwach, aber nur, wenn man sich genau in der Mitte hält. Entweder schwimmt er genau in der Mitte rum oder es ist da reingefallen ... oder er hat es dort ausgemacht.«

»Oder jemand hat Bilal dort in die Themse geworfen«, sagte Tareq leise.

Levent bemerkte, wie Hischam sich umdrehte und jetzt Tareq aufgebracht anstarrte. »Jetzt sag doch nicht so was, warum sollte jemand das tun?«, erwiderte er entsetzt.

»Ich kann euch auf jeden Fall sagen, dass, wenn das Smartphone nicht in der Themse gelandet ist, es jemand professionell deaktiviert haben muss, nicht einfach nur ausgemacht. Es ist definitiv nicht mehr zu lokalisieren«, sagte Tim.

»Reicht es dafür nicht, dass der Akku alle ist?«, meinte Tareq.

»Das kann natürlich auch sein«, gab Tim zu. »Aber es wäre schon ein ziemlicher Zufall, dass der Akku mitten auf der Themse den Geist aufgibt.«

Tareq und Levent sahen sich mit versteinerten Mienen an.

»Im Moment stehen zu viele Möglichkeiten und genauso viel ungeklärte Frage im Raum. Malen wir nicht gleich den Teufel an die Wand.

Kannst du uns den Streckenverlauf bis dahin zeigen?« Levent war sichtlich um Fassung bemüht. Er versuchte, den Gedanken, dass ihr Freund Bilal in der Themse treiben könnte, abzuwehren und sich auf die Fakten zu konzentrieren.

»Hier landet ihr in Stansted Airport«, sagte Tim und öffnete eine Karte des Programms. »Dann geht ihr kurz ins Hostel. Hier macht ihr wohl eine Art Stadttour und dann geht es wieder ins Hostel zurück. Soweit alles richtig?«

Levent und Tareq nickten.

»Gegen drei Uhr nachts bewegt sich das Handy Richtung Innenstadt, dann geht es weiter nach Coventry. Das ist eine Kleinstadt, hundertfünfzig Kilometer nordwestlich von London. Dort bewegt es sich eine Weile nicht und dann geht es zurück nach London bis auf die Themse«, erklärte Tim an den Satellitenaufnahmen.

»Was wollte er in Coventry?«, fragte Levent.

»Diese Frage müsst ihr selber klären. Es ist wie gesagt nur die Spur des Handys. Es ist ja nicht gesagt, dass er es hatte. Vielleicht … Na ja. Man kann auf der Karte so nahe ranzoomen, dass man Gebäude erkennen kann. Seht mal.« Er vergrößerte den Bildausschnitt. »In diesem Gebäude in Whitechapel befand er sich zum Beispiel eine gute halbe Stunde. Ich würde direkt da anfangen mit der Suche. Bis dahin war die Aufenthaltsdauer nicht lange genug, um überhaupt von einem Aufenthalt zu sprechen. In Coventry hat er sich hier zwei Stunden aufgehalten.« Tim scrollte zu der entsprechenden Stelle. »Danach ging es über die Autobahn M1 zurück in die Stadt. Er oder sie müssen also mit einem Auto unterwegs gewesen sein. Es gab noch einen Halt von fast einer Stunde an einem Rastplatz, dann direkt weiter bis zum Ende«, sagte Tim.

»Kann man die Bewegungen innerhalb eines Gebäudes auch sehen?«, fragte Tareq.

»Kommt drauf an«, meinte Tim und zoomte auf das Hostel. »In diesem Fall schon.«

»Tatsächlich. Hier sieht man, dass er sich in der Nacht für eine halbe Stunde im Hostel bewegt hat«, sagte Tareq.

»Das hat nichts zu bedeuten. Er war sicher nur auf der Toilette ein Ei legen und hat dabei Farmville gespielt«, sagte Levent. »Aber zoom noch näher ran. Da. Ist das die Toilette auf unserem Gang?«

Tim beugte sich vor und nickte. »Sieht so aus. Es wird aber nicht angezeigt, in welchem Stockwerk er ist. Er kann auch unten vor dem Haus stehen.«

»Alter, ich sterbe gleich vor Müdigkeit«, stöhnte Tareq auf einmal.

»Dann hau dich hin«, meinte Levent.

»Und du? Hier ist nur Platz für zwei.«

»Er kann sich hier hinlegen«, meinte Hischam und stand auf.

»Ja und du?«, wunderte sich Levent und bemerkte jetzt, dass sich Hischam wohl nach Tareqs Aussage hingesetzt hatte.

»Mir reicht das schon. Ich habe Powernapping gelernt. Dabei kann man die Tiefschlafphase auf Kommando erreichen. Ideal für solche Situationen.«

Tareq schüttelte den Kopf. »Du verblüffst mich immer wieder.«

Hischam lächelte. »Schlaft gut.« Dann setzte er sich an den Schreibtisch und scrollte im WhatsApp-Fenster den Gesprächsverlauf Bilals hoch.

***

»Aufwachen«, rief Hischam und rüttelte Tareq und Levent an der Schulter.

»Was …«, keuchte Tareq und schreckte hoch.

Levent brummte nur unwillig. »Was ist denn …«

»Nun kommt schon, zwei Stunden müssen reichen. Wir müssen nach Bilal suchen.«

Schlagartig waren die beiden anderen wach und setzten sich ruckartig auf.

»Hast du was gefunden?«

»Ein bisschen«, sagte Hischam bedächtig.

»Braucht ihr einen Kaffee?«, wollte Tim wissen.

»Wie spät ist es?«

»Fünfzehn Uhr.«

Levent rieb sich stöhnend übers Gesicht. »Ich bin völlig fertig. Bei mir klappt das mit dem Tiefschlaf nicht so schnell.«

»Ich denke schon, ihr wart beide ziemlich weggetreten. Tim hat hier ziemlichen Radau gemacht und ihr habt nicht mal gezuckt.«

»Hm«, machte Tareq und stand auf, um sich zu strecken.

»Kaffee wäre prima«, meinte Levent.

»Ich habe etwas Interessantes auf Bilals Instagram-Account gefunden«, sagte Hischam.

»Hat jemand von euch Instagram?«, fragte Tareq.

»Nein, Mann. Das benutzen doch nur Frauen«, sagte Levent.

Tim füllte mit einem Heißwasserkocher zwei bereitstehende Tassen, in die er löslichen Kaffee rührte. Levent sah ihm missmutig dabei zu.

»Verzieh ruhig das Gesicht«, meinte Tim, »das ist hier nicht das Ritz.«

»Schon klar«, murrte Levent und nahm die Tasse entgegen.

»Also«, fuhr Hischam fort, »er hat ein Bild der Weißhelme. Syria Civil Defence. Der Account ist seit zwei Jahren aktiv.«

»Was sind das für Bilder?«, fragte Levent und blickte Hischam über die Schulter.

»Also wenn das keine Photoshopbasteleien sind, dann war Bilal in einem Flüchtlingscamp an der türkisch-syrischen Grenze. In Reyhanli und Kilis. Der war sogar in Syrien. Idlib und Aleppo. Herrgott, kann das sein?« Hischam sah seine Freunde ratlos an.

Tareq und Levent sahen stumm zu Boden.

»Keine Ahnung«, krächzte Levent schließlich. »Gestern Morgen hätte ich noch Nein gesagt.«

»Er hat dem Mädchen unsere Flugdaten ge-schickt«, fügte Hischam an.

»Dem Mädchen?«, fragte Tareq.

»Lina. Der er kurz vor seinem Verschwinden über WhatsApp geschrieben hatte, dass er gleich bei ihr sei.«

Tim räusperte sich. »Der Account war prak-tisch gar nicht gesichert, wie alles bei eurem Freund. Ich bin zwar ein ganz guter Hacker, aber als Erstes probiert man immer die Standards. Eins, zwei, drei und so. Passwort oder Hallo. Das kann

jeder in drei Minuten knacken, okay? Eure Flugdaten sind also praktisch ungesichert verschickt
worden. Jeder kann die gesehen haben.«

»Na ja, der Flug war nicht geheim. Aber wer
auch immer etwas von Bilal wollte, wusste vermutlich von der Reise.«

»Hm.«

»Wer ist diese Frau?«, meinte Tareq. »Wir
müssen unbedingt mehr über sie erfahren.«

Hischam wechselte zu Bilals WhatsApp-
Account und klickte auf den Chatverlauf mit Lina
Awwad. »Kannst du die auch hacken?«

»Vermutlich. Wird aber eine Weile dauern.«

»Kein Problem. Wir müssen ohnehin noch das
Asr-Gebet verrichten. – Das Nachmittagsgebet«,
sagte Hischam, als Tim ihn fragend ansah.

»Schön. Aber macht es stumm, sonst kann ich
mich nicht konzentrieren.«

Als sie fertig waren, tippte Tim immer noch wie
wild auf seiner Tastatur herum.

»Noch nichts?«

»Nein. Die Dame ist nicht so leichtsinnig wie
euer Freund. Da muss ich schon stärkeres Ge-
schütz auffahren.«

»Wer kann das sein? Wie gesagt, eine Freundin
von Bilal ist das sicher nicht. Der und Frauen …«

»Eine Verwandte?«

»Sie schreiben sich schon seit fünf Jahren«, unterbrach ihn Hischam. »Kurz nach dem Ausbruch des syrischen Bürgerkrieges hat Lina Kontakt zu ihm aufgenommen. Das Mädchen ist seine Milchschwester. Bilals Mutter hat sie gestillt, als sie gemeinsam in einem Flüchtlingsheim in Brandenburg waren«, sagte Hischam und nahm einen Schluck Kaffee.

»Warte mal … Bilals Eltern sind doch Anfang der Achtziger gekommen, aber Bilal ist Anfang der Neunziger in Deutschland geboren«, sagte Tareq.

»Schon richtig, aber Lina ist Anfang der Achtziger im Flüchtlingsheim geboren. Da hatte Bilals Mutter schon seinen älteren Bruder Ahmed vor über einem Jahr auf die Welt gebracht. Sie stillte Ahmed und anscheinend hat sie auch Lina gestillt. Scheinbar hat die Mutter von Lina keine Milch produziert.« Levent sah Tareq ernst an. »In vielen Kulturen des Nahen Ostens und speziell in der arabischen Kultur legt man großen Wert auf Muttermilch. Es ist auch eine Art Ehrerbietung, wenn man sein Kind einer anderen Frau zum Stillen anvertraut, deswegen hat sie Bilals Mutter wahrscheinlich drum gebeten, auch ihre Tochter zu stillen.«

»All das steht in dem Chatverlauf? Und überhaupt … wieso Araber? Ich dachte, Bilal ist Türke?«

Levent hob die Schultern. »Er ist türkischstämmig, aber seine Eltern kommen aus dem syrischen Grenzgebiet.«

»Das steht nicht alles bei WhatsApp, ich habe auch was bei Facebook gefunden und so. Sie hat Bilal jedenfalls kontaktiert. Sie haben wohl schon lange über WhatsApp geschrieben, aber er hats vermutlich nicht importiert, als er die Handynummer gewechselt hat, jedenfalls fehlt da was. Vielleicht hat er auch was gelöscht. Sie haben wohl auch geskypt, das wird durch den Chatverlauf deutlich, darauf haben wir aber keinen Zugriff.«

Tim bemerkte, dass die drei ihn ansahen. »Seh’ ich aus wie ein Wunschbrunnen?«, maulte er.

»Jedenfalls ist sie mit ihrer Familie weiter nach England gereist. Der Vater hat eine Stelle als Arzt in einer Kinderklinik in Birmingham bekommen. Er war ein Oppositioneller und wurde von Hafez al-Assads Geheimdienst verfolgt, so wie die halbe syrische Bevölkerung. Sie sind wohl aus der Stadt Hama geflohen …«

»Verdammt, wie lange haben wir geschlafen?«, fragte Tareq.

Hischam lächelte. »Ich hab ein bisschen was dazu gegoogelt, aber das meiste weiß ich so, ich studiere schließlich in Kairo, da gehört so was eher zur Allgemeinbildung als hier. Also jedenfalls gab es 1982 ein Massaker an der Zivilbevölkerung in Syrien, dabei sind schätzungsweise dreißigtausend Menschen ums Leben gekommen. Linas Eltern haben überlebt und sind in die Türkei geflohen und von da nach Deutschland. Bilals Eltern sind 1980 wegen dem Militärputsch aus der Türkei geflohen und warteten damals bereits zwei Jahre auf ihren weiteren Asylstatus. Linas Familie bezog das Zimmer neben ihnen. Daher kannten sie sich«, sagte Levent.

»Haben sie all die Jahre keinen Kontakt gehabt? Haben Bilals Eltern nie etwas davon erzählt?«, wollte Levent wissen.

»Anscheinend nicht. Man verliert sich halt aus den Augen über die Jahre. Linas Familie lebt seit 1983 in Birmingham.«

»Kann es sein, dass er was mit Lina hat?« Tareq sah die beiden anderen ungläubig an.

»Nein, das ist nahezu ausgeschlossen. Eine Heirat wäre nach dem islamischen Recht gar nicht möglich, da sie seine Milchschwester ist«, sagte Hischam. »Das wäre praktisch Inzest.«

»Oh«, machte Tareq. »Aber warum sollte er sich dann heimlich mit der treffen? Ist die so hässlich?«

Levent sah Tareq streng an.

»Sorry, ich bin nervös, da blödel ich rum. Das kennt ihr doch.«

»Die Vorstellung, dass Bilal wusste, dass … dass er Schwierigkeiten hat, und es uns nicht sagte, gefällt mir nicht.« Levent verschränkte die Arme.

»Und wenn die Nachricht von ihr war?«

»Was meinst du?« Hischam sah Tareq fragend an.

»Meine Kreditkarte, der gelbe Zettel.«

»Warum sollte sie das tun?«

»Keine Ahnung, nur so eine Idee.«

»Er hat ihr geschrieben, er sei gleich da. Dann ist er mit uns raus, als wir den Fremden bemerkt hatten. Er sollte ihm den Weg abschneiden. Hätte er nicht was gesagt, wenn er … Moment mal. Von wann genau ist die Nachricht?«

»Äh … zwei Uhr zehn«, sagte Hischam nach einem kurzen Blick in den Chatverlauf.

»Und wann haben wir uns getrennt?«

Levent wackelte mir der Hand. »Das war ungefähr zu der Zeit. So um zwei, vielleicht halb drei.«

»Vielleicht hat Bilal die Nachricht erst geschickt, als er schon draußen war?«

»Und warum?«

»Vielleicht hat er sich vorher mit ihr verabredet, heimlich, und dann kam das mit dem Stalker und dann …«

»Womit wir wieder bei der Frage wären, warum er uns diese Lina verheimlicht hat.«

»Tja …«

»Das spielt jetzt keine Rolle. Wir müssen nach Coventry«, sagte Hischam, bevor Tareq seinen Gedankengang wieder ausnehmen konnte.

»Warum?«

»Dort ist der Sitz der SOHR, des Syrian Observatory for Human Rights«, sagte Hischam.

Levent und Tareq sahen ihn weiterhin fragend an.

»Das ist die syrische Beobachtungsstelle für Menschenrechte. Sie arbeiten eng mit Human Rights Watch und Amnesty International zusammen. Die genaue Adresse findet man nicht auf deren Webseite, aber ich denke, dass wir wissen, wo das ist. Ich bin mir ziemlich sicher, dass die in dem Gebäude residieren, in dem Bilals Handy so lange war. Ich habe die Berichte über sie und auch deren Veröffentlichungen überflogen. Scheinbar erhalten sie ernst zu nehmende Morddrohungen, weil sie die Menschenrechtsverstöße im Syrienkonflikt dokumentieren. Sie berichten über Enthauptungen durch den IS, Bombardierungen und Massaker an der Zivilbevölkerung durch Regierungstruppen und über Kämpfe zwischen den verschiedenen Konfliktparteien. Sie haben also viele Feinde. Sie haben ein Netzwerk von Informanten, die direkt aus den Kriegsgebieten berichten. Sie stehen der gemäßigten Opposition nahe. Einige Auslandsinformanten machen regelmäßige Besuche in die sogenannten *befreiten Gebiete*, um sich ein eigenes Bild von der aktuellen Situation zu machen. Einer dieser Informanten ist Lina.«

Alle starrten Hischam an.

»Das ist …«, begann Tareq matt.

»Bilal gehört auch dazu«, fügte Hischam hinzu.

»Unser Bilal?« Tareq hätte sich beinahe verschluckt.

»Ja genau. Als er sich nach dem Ausbruch des Syrienkrieges zu radikalisieren drohte, hat seine Mutter Kontakt zu Linas Familie aufgenommen. Die Versuche der örtlichen Imame, mäßigend auf ihn einzuwirken, blieben wohl ohne Erfolg«, sagte Hischam.

»Was? Bilal? Radikal? Wieso weiß ich davon nichts?«, schrie Tareq erschrocken.

»Das war vor deiner Zeit«, brummte Levent. »Er hat sich ja wieder gefangen.«

»Was hatte der denn vor?«, schnappte Tareq.

»Er wollte aktiv in den Syrienkonflikt eingreifen und sich einer radikalen Dschihadistengruppe anschließen«, meinte Hischam.

»Meine Fresse …«

»Was?«, rief Levent.

»Steht hier … na ja, so ähnlich. Lina hat ihn offenbar davon abgehalten«, meinte Hischam. »Die Imame haben das nicht geschafft. Lina hat offenbar auf Wunsch von Bilals Mutter Kontakt zu ihm aufgenommen und ihm verstörende Berichte, Bilder und Videos vom Syrienkonflikt gezeigt. Ob Bilals Mutter das wollte, wage ich mal zu bezweifeln, aber … na ja. Sie hat Bilal jedenfalls ins Gewissen geredet, dass das Eingreifen ausländischer Kämpfer den Konflikt nur verschlimmern und er durch sein Verhalten das Leiden der syrischen Bevölkerung nur vergrößern würde. Je mehr verschiedene Konfliktgruppen sich in den Bürgerkrieg einmischen würden, desto schwerer würde sich eine künftige Lösung im Sinne der Bevölkerung gestalten. All das schien ihn aber nicht zu überzeugen«, erklärte Hischam.

»All das steht im Chatverlauf?«, fragte Tareq erneut und trat von einem Fuß auf den anderen.

»Schwarz auf weiß. Kannst du gerne während der Zugfahrt nachlesen. Dann hat sie ihm angeboten, dass er sie nach Syrien begleitet. Bilals Mutter war dagegen. Sie hatte Angst, dass er nur so tun würde, als sei er daran interessiert, sich ernsthaft zu informieren, und sich dann losreißen könnte. Sie war aber so verzweifelt, dass sie Bilal erlaubte, mit Lina an die türkisch-syrische Grenze zu fahren und sich dort im Flüchtlingscamp ein eigenes Bild zu machen. Das alles reichte ihm nicht und sie überquerten die Grenze nach Syrien. Idlib und Aleppo. Das Leiden der Zivilbevölkerung hatte sein ganzes Weltbild umgeworfen. Alle Kriegsparteien hatten Dreck am Stecken.«

Hischam nahm einen kräftigen Schluck Kaffee und verzog sein Gesicht. Levent und Tareq warteten geduldig, bis Hischam fortfuhr.

»Die Syrienreise führte nicht dazu, dass er von dem Konflikt Abstand nahm, sondern stattdessen Lina künftig helfen wollte, die Massaker, Umsiedlungen, Menschenrechtsverstöße und Kriegsverbrechen zu dokumentieren. Lina ist außerdem eine wichtige Zeugin in einer Klage gegen einen nahen Angehörigen von Baschar al-Assad, die sie gerade vorbereiten und beim Internationalen Gerichtshof einreichen wollen. Dieser Mann führt in irgendeiner Kleinstadt hier in England ein unbehelligtes bürgerliches Leben unter einer falschen Identität und scheint von hier aus weiter zu operieren. Er koordiniert angeblich den Söldnerfluss aus Europa direkt in die syrischen Kriegsgebiete. Er leitet außerdem einen Drogenring, wodurch er die Söldnertruppen finanziert. Er kümmert sich auch um die ganze Lobbyarbeit und ist ein richtig großes Tier. Wenn sie den drankriegen, treffen sie Assad hart.«

Tareq knabberte wieder hektisch am Daumen und blickte gehetzt in jede Richtung, nur nicht in die Hischams.

»In was für eine Scheiße sind wir da reingeraten? Das ist nichts, was wir selber lösen können. Wir sollten das Ganze hier und jetzt abbrechen. Was ist mit der deutschen Botschaft?«, fragte Tareq.

»Das wird uns nicht weiterbringen. Die SOHR hat sich um Unterstützung bemüht, auch bei den Deutschen. Die haben aber abgewiegelt, was so viel bedeutet, wie: Leckt uns am Arsch.«

Tareqs Blick verfinsterte sich.

»Sorry, Bruder.«

»Ich kann es immer noch nicht fassen. Unser linkischer Bilal? Der Witzbold, der am Flughafen Faxen macht und rechtsradikale Demonstranten erschreckt, wie ein kleiner Junge?«

»Bilal mag etwas unreif sein, aber er ist voller Zorn. So hast du ihn nicht erlebt, denn als wir dich kennenlernten, war er schon viel ruhiger. Wenn ich mir das alles überlege, dann denke ich, er hat seine Gefühle durch die Arbeit für diese SOHR in den Griff bekommen. Ansonsten säße er jetzt vermutlich im Knast oder … oder wäre irgendwo im Mittleren Osten draufgegangen«, sagte Levent und ging zum Fenster. Er schob die Gardine beiseite und beobachtete die leere Seitenstraße.

Hischam nickte. »Sehe ich auch so. Er hat ein Doppelleben und uns an der Nase herumgeführt.«

»Und warum hat er uns da mit reingezogen?« Tareq verschränkte die Arme vor der Brust.

»Nun guck nicht so. Vielleicht hat er nicht damit gerechnet, dass Gefahr droht …« Hischam hob hilflos die Schultern.

Tareq rieb sich die Augen. »So eine verfluchte Scheiße!«

»Warum ist Lina nicht in einem Zeugenschutzprogramm?«, fragte Levent, ohne seinen Blick von der Straße abzuwenden.

»Zu wenig Beweise, wenn ich das richtig verstanden habe. Ein paar Morddrohungen auf Facebook, eingeschlagene Autoscheiben, anonyme Drohanrufe … das reicht nicht, um ein paar Ausländer unter Polizeischutz zu stellen. Bei uns nicht und hier in England wohl erst recht nicht. Sie hatte aber schon einen Termin zu einer Besprechung beim Internationalen Gerichtshof in Den Haag.

Nächste Woche. Da sollte sie im Namen der SOHR eine Klage einreichen. Sie schien sehr belastende Beweise gesammelt zu haben. Bilal wollte sie vielleicht begleiten.«

»Oder ein letztes Mal sehen, bevor … Wieso haben wir nichts davon mitbekommen?«, fragte Tareq und schien die Frage eher an Levent und Hischam zu richten. »Habt ihr … habt denn nicht mal ihr eine Veränderung an ihm wahrgenommen?«, fragte Tareq.

»Bilal ist so komisch drauf gewesen, nachdem sein bester Freund in dem Syrienkonflikt als Kanonenfutter gestorben ist. Du erinnerst dich?«, fragte Levent an Hischam gewandt.

»Klar. Abdullah ist sofort nach Kriegsausbruch hingereist und hat sich den Rebellen angeschlossen, ohne Bilal Bescheid zu geben. Bilal war außer sich, als er es erfuhr. Durch Abdullahs Tod geriet sein ganzes Leben aus dem Gleichgewicht. Deswegen hat er doch das Abitur abgebrochen und ist so … komisch geworden. Aber er hat nie erzählt, dass er ernsthaft vorhatte, nach Syrien zu reisen«, sagte Hischam.

»Seine Mutter hat mich damals darauf angesprochen. Ich hatte mit Bilal darüber geredet, doch er meinte nur, dass er zur Beerdigung seines Freundes nach Syrien wolle und seine Mutter völlig übertreibe. Damit war für mich die Sache gegessen«, sagte Levent.

»Warum zum Teufel hat er uns hergebracht?«, fragte Tareq nun schon fast wütend.

»Er hatte vor, uns am Sonntag zu seiner Milchschwester zum Essen einzuladen und uns von seinen Aktivitäten zu erzählen«, sagte Hischam.

»Warum erst jetzt? Warum hat er uns das all die Jahre verheimlicht? Warum lockt er uns her, um uns dann damit zu überfallen?«, zischte Tareq.

»Wer weiß es schon. Jedenfalls hatte er nicht vor, uns mit einem Haufen Fragezeichen zurückzulassen.« Hischam seufzte. »«Ich weiß auch, weswegen er sich mit Lina treffen wollte. Er scrollte zu einer bestimmten Stelle im Chatverlauf und deutete darauf.

Glaubst du uns jetzt, dass wir wissen, wo du wohnst? stand da.

Levent und Tareq blickten sich ungläubig an.

»Warum sagst du das nicht gleich?«

Hischam hob die Hände. »Ich komm ja kaum zu Wort. Also diese Nachricht hat sie kopiert und an Bilal geschickt. Daraufhin hat er ihr geschrieben, dass er gleich da sein werde. Und ja, das war vermutlich, nachdem wir den Typ mit der Kamera gesehen hatten. Da hat Bilal dann wohl eins und eins zusammengezählt.«

»Und uns nichts gesagt!«, empörte sich Tareq. »Er hat uns einfach im Stich gelassen!«

»Glaub ich nicht«, meinte Levent. »Er ist vermutlich nur nicht mehr dazu gekommen. Oder aber er wollte uns verschonen, weil er wusste, in welche Gefahr wir geraten könnten.«

»Denk ich auch«, sagte Hischam.

»Wer hat Lina das geschrieben? Gibt es einen Namen?«, wollte Levent wissen und beobachtete unruhig, wie ein Mann mit aufgesetztem Hut sich von Weitem ihrer Straße näherte.

»Nein. Das werden wir erfahren, wenn Tim uns ihre Zugangsdaten schickt.«

»Fragen wir sie doch einfach«, schlug Tareq vor.

»Ich habe ihr schon eine Nachricht geschickt, aber sie hat sie noch nicht gelesen.«

»Na ja, Kontakt von einem fremden Handy. Sie hat ja gute Gründe, so was nicht einfach anzunehmen.«

»Nee, Tim hat über die PC-App von Bilals Account aus geschrieben.«

»Hm. Wenn sie weiß, wo er steckt, weiß sie auch, dass das nicht von ihm sein kann.«

»Wenn sie weiß, wo er steckt, weiß sie auch, dass wir nach ihm suchen.«

»Ihr nervt langsam. Geht! Los! Haut ab. Sucht euren Freund. Ich schicke euch die Zugangsdaten, wenn ich sie habe.« Tim stand auf und ging zur Tür.

Nach einem Moment folgte Levent ihm. »Hast recht, wir müssen langsam was unternehmen.«

»Zum Beispiel zur Polizei gehen«, schlug Tareq vor.

»Das besprechen wir draußen«, bestimmte Levent und verließ die Wohnung.

Tareq und Hischam folgten ihm.

»Danke für alles«, sagte Tareq im Rausgehen.

Tim winkte ab.

»Der ist froh, dass er uns los ist«, meinte Tareq, als sie in den Aufzug traten.

»Wärst du wohl auch«, meinte Levent.

»Und jetzt? Polizei?«

»Also ich bin dagegen«, sagte Hischam sofort. »Wenn hier wirklich was faul ist, dann können wir niemandem trauen, der Polizei schon gar nicht.«

Tareq starrte die Aufzugtüren an.

»Sehe ich genauso«, sagte Levent.

»Das halte ich für paranoid«, entgegnete Tareq. »Aber ich gebe euch aus einem anderen Grund recht: Wir sind Wochenendtouristen. Die werden uns einfach nicht glauben und wir verlieren viel Zeit, wenn wir da auf der Wache rumsitzen. Lass uns lieber selber suchen.«

»Woher auf einmal die Entschlossenheit?«, wunderte sich Levent.

»Bilal setzt sich für eine Menschenrechtsorganisation ein. Das ist aufrecht. Ich fühle mich plötzlich beschämt, dass ich nichts tue. Ich tue gar nichts. Ich habe nicht mal ein soziales Jahr gemacht. Und Bilal … ausgerechnet Bilal …«

Als sie auf die Straße traten, war es 16 Uhr.

»Wir müssen zum Bahnhof.«

»Taxi?«

Levent warf einen kritischen Blick auf Hischams Fuß. »Geht ja wohl nicht anders, aber das ruiniert uns.«

»Ich habe notfalls noch Kredit auf meiner VISA«, sagte Tareq.

Levent klopfte ihm auf die Schulter. »Danke, Bruder.«

»Da kommt eins!«, rief Hischam aufgeregt.

Levent drehte sich um und sprang sofort auf die Straße, um das *Black Cap* anzuhalten.

Als das Taxi anfuhr, blickte Levent von der Heckscheibe auf die Straße und bemerkte, wie der Mann mit dem Hut vor Tims Haustür stand und ihnen hinterherblickte.

Kapitel 5

Freitag, 17.00 Uhr, noch 48 Stunden bis zum Rückflug

»Wie viel haben die Tickets gekostet?«, fragte Tareq, als Levent vom Ticketschalter zurückkam.

»Fünfunddreißig Pfund für uns alle drei. Nur Hinfahrt«, sagte Levent.

»Nur Hinfahrt?«, fragte Tareq.

»Ja. Wir wissen nicht, wie lange wir da brauchen werden. Wir haben noch nicht einmal eine richtige Adresse, nur das Kartenbild mit diesem Gebäude.«

Tareq hatte Getränke bei einem Bahnhofskiosk besorgt, während Levent die Tickets kaufte. Nun gingen Sie langsam zum Bahnsteig, wo in Kürze der Zug nach Coventry einlaufen würde.

Die Fülle an Informationen hatte sie innerlich aufgewühlt. Sie konnten nicht recht einschätzen, ob dieses Wissen die Situation, in der sie sich befanden, vereinfachte oder alles nur komplizierter machte. Hatte der seltsame Mann, der sie schon die ganze Zeit über verfolgte, etwas mit der Sache zu tun? Mit einem Mal machten sie sich Gedanken darüber, wer Bilal wirklich war. Offenbar war er nicht der liebenswerte Lebenskünstler, der sich mit Hartz IV durchschlug und auf Konventionen pfiff. Doch sie hatten sich die Köpfe heißgeredet und waren nun erschöpft.

Schweigend nippten sie an ihren Wasserflaschen.

»Genießt es«, meinte Tareq schließlich, »Wasser zum Preis von Champagner.«

Seine Freunde verzogen keine Miene. Aber auch ihm war gerade nicht nach Lachen zumute.

Als der Zug einfuhr, suchten sie sich ein leeres Abteil. Levent erklärte sich bereit wach zu bleiben, damit seine Freunde noch etwas schlafen konnten. Er versicherte, dass er fit sei.

***

»Aufwachen! Wir sind in fünf Minuten in Coventry.«

Tareq blinzelte Hischam an, dann richtete er sich auf. Levent auf der gegenüberliegenden Seite sah sie an, rührte sich aber nicht.

»Alles klar, Mann?«

Levent schüttelte nur stumm den Kopf.

Sie verrichteten das Nachmittagsgebet noch im Abteil, dann lief der Zug in den Bahnhof ein.

Als sie den Zug verließen, war es kurz nach 18.00 Uhr.

»Gehts, Hischam?«, fragte Tareq.

Levent starrte mit glasigen Augen vor sich hin.

Hischam nickte und rang sich ein Lächeln ab.

»Geht schon. Wir nehmen den Bus zur Hinckleys Road, das ist am Stadtrand.«

Tareq nickte und folgte Hischam zur Bushaltestelle. Während Hischam auf seinem Smartphone navigierte, zog Tareq Levent mit sich, der immer noch wie betäubt wirkte.

»Hör mal, wenn das jetzt alles zu viel für uns wird, dann sollten wir vielleicht …« Er sah Hischam hilflos an.

Da kam Leben in Levent. »Nein! Wir lassen Bilal nicht im Stich. Ich jedenfalls nicht! Was sollen wir denn seiner Mutter sagen, wenn wir ohne ihn zurückkommen.«

Tareq und Hischam sahen sich betreten an. Hischam zuckte nur mit den Schultern und ging weiter.

Levent straffte sich. »Es geht schon wieder, danke.« Dann stapfte er Hischam hinterher.

Tareq folgte ihnen nach einem Moment.

Als sie den Bus verließen, lag ein größeres Gewerbegebiet vor ihnen, eher ein Industriekomplex. Es war ein Durcheinander aus alten und neuen Bürogebäuden, Lagerhäusern und Produktionsstätten.

»Wow. Was machen wir, wenn die GPS-Koordinaten nicht ganz präzise sind? Wollen wir dann alle Gebäude ablaufen?«, fragte Tareq.

»Das wird nicht nötig sein«, meinte Hischam. »Google-Maps ist eine starke Sache. Tim hat mir die exakten Daten, die das Handy geschickt hat, gegeben und Google führt uns hin. Auf wenige Meter genau, glaube ich. Wir können das Gebäude eigentlich nicht verfehlen.«

Als Hischam stehen blieb, lief Tareq fast in ihn hinein. »Was ist?«

»Die Verbindung ist so schlecht hier. Unser Standort aktualisiert gerade nicht.«

»Dann warten wir eben.«

»Geht schon weiter«, meinte Hischam und setzte sich wieder in Bewegung.

Am Ende der Straße stand ein großer Bürokomplex, es war das letzte Gebäude. Dahinter erstreckten sich weite grüne Felder.

Tareq überflog die Namen der ansässigen Firmen auf dem Schild am Eingang. »Nichts von einer syrischen Menschenrechtsorganisation zu sehen. Ich habe doch gesagt, dass wir diesen Koordinaten nicht trauen können.«

»Die Koordinaten sind schon richtig. Wir müssen jetzt nach der Nadel im Heuhaufen suchen«, meinte Hischam.

»Was macht dich da so sicher?«

»Schau auf den Parkplatz. Da sind nur eine Handvoll Autos. Ich glaube, dass das auf dem Schild alles erfundene Namen von Briefkastenfirmen sind. Wäre dieser Bürokomplex wirklich in Betrieb, dann müsste der Parkplatz voll sein.«

»Es ist fast sieben Uhr.«

»Du hast noch nie gearbeitet, oder was«, brummte Hischam. »Um neunzehn Uhr ist kein Büro leer.«

»Hm.«

Plötzlich rannte Levent auf eines der parkenden Autos zu. Als er dort ankam, drehte er sich zu den Jungs, die ihn entgeistert ansahen. *Hier war doch jemand. Da saß ein Mann im Auto und hat uns abgelichtet. Wo ist der hin! Ich werde verrückt.* Levent lief zurück, ohne Tareq und Hischam anzublicken, und deutete auf die Eingangstür. Dort drehte er sich noch einmal um und schaute auf den geparkten Wagen. *Tatsache. Da ist niemand. Ich werde langsam paranoid.* »Ich gehe jetzt rein und beginne mit der Suche«, sagte er und zog an der Eingangstür. »He, die ist ja offen.«

»Und?«, machte Tareq.

»Normalerweise sind Büros zu. Man muss klingeln …«

Hischam wackelte mit dem Kopf. »Find ich auch merkwürdig.«

Levent trat in den Flur, die beiden anderen folgten ihm.

»Hört ihr das?«, fragte Levent, als sie im Treppenhaus standen.

»Was denn?«, fragte Hischam.

»Eben. Man hört nichts. Kein Anzeichen, dass hier Betrieb herrscht«, sagte Levent und öffnete die Tür zum Erdgeschoßflur.

Er ging an den Glastüren zu den einzelnen Firmen vorbei, doch dahinter war niemand zu sehen.

Tareq probierte immer mal wieder eine Tür zu öffnen, doch sie waren verschlossen. Die Klingeln funktionierten auch nicht.

Levent presste sein Ohr an eine der Türen und lauschte. Die anderen taten es ihm nach.

»Hört ihr was?«

»Nichts.«

»Ich auch nicht.

»Gut. Dann auf zum nächsten Stockwerk«, sagte Levent und ging zurück ins Treppenhaus.

»Das sind bestimmt zehn Stockwerke. Wie stellst du dir das vor?«, fragte Tareq.

»Willst du schon aufgeben?«, schnappte Levent und drehte sich zu Tareq um.

»Nein, ich …«

»Ha!«

»Was?«, fragte Hischam, der hinter Tareq stand.

»Hinter euch hat grade einer den Flur überquert!«

Tareq drehte sich um. »Ist da etwa ein Notausgang?«

»Es scheint ein weiteres Treppenhaus zu geben. Los, kommt«, sagte Hischam und humpelte los.

»Nanu, gehts deinem Fuß besser?«, fragte Tareq.

»Nein, du bist einfach noch lahmer«, meinte Hischam und versuchte ein Grinsen, das ihm aber misslang.

Als sie das Ende des Ganges erreicht hatten, standen sie vor einer Metalltür.

»Aha«, machte Tareq und drückte die Klinke hinunter.

Als die Tür aufschwang, lag ein schmales Treppenhaus vor ihnen.

»Na dann mal los, vielleicht finden wir den Mann ja.«

Levent trat an Tareq vorbei, Hischam folgte ihm.

Hinter Tareq klappte eine Tür auf. Noch bevor er sich umdrehen konnte, wurde er von hinten niedergeschlagen und ging zu Boden. Statt einen Warnschrei abzugeben, konnte er nur gurgeln. Hilflos musste er mit ansehen, wie nacheinander auch seine beiden Freunde zu Boden gingen.

»Bring them in!«, ertönte eine Männerstimme.

»What you want?«, sagte Levent schwach.

»Shut up!«

Sie ließen sich schweigend von Männern mit Skimasken unter den Armen packen und zurück in den Flur schleifen. Eine der Türen stand nun offen.

Levent schrie laut auf, als der mit der Schulter gegen den Rahmen stieß. Die Männer waren nicht zimperlich.

»Shut up!«, brüllte einer von ihnen erneut.

»Ist ja schon gut«, nuschelte Hischam, der wegen seines Fußes kaum in der Lage war, sich bei dem Gezerre auf den Beinen zu halten.

»Deutsche?« Es klang fast amüsiert.

Sie wurden auf harte Holzstühlen gesetzt, ihre Hände und Füße blitzschnell nach hinten gezogen und zusammengebunden.

»Allah stehe uns bei«, stieß Hischam gequält aus.

»Haltet Allah da raus!«, zischte einer der Männer und funkelte sie wütend an.

Ein großer Mann trat vor sie, mit seinen kräftigen Schultern und den sehnigen Händen wirkte er äußerst einschüchternd. Auch er war vermummt. Auf seinem schwarzen Sweatshirt blitzte ein arabischer Schriftzug in roten, weißen und grünen Farben. Hischam konnte die Schrift nicht lesen, der Mann bewegte sich ständig, tänzelte geradezu vor ihnen herum, als wüsste er noch nicht, was er mit ihnen machen sollte.

Es roch verbrannt. An den Wänden waren Rußspuren erkennbar. In einer Ecke standen verkohlte Möbel, verschmorte Elektrogeräte und stapelweise angesengte Unterlagen. Der Raum war über und über mit Holzsplittern übersät.

»Wer seid ihr?«, fragte der Mann schließlich.

»Wir suchen nach unserem Freund. Er … war möglicherweise letzte Nacht hier«, sagte Hischam vorsichtig. »Wer sind Sie überhaupt?«

»Wollt ihr mir erzählen, ihr wisst nicht, wer ich bin?«

»Wir suchen nach der syrischen Beobachtungsstelle für Menschenrechte. Unser Freund…«

Der Mann wirkte immer noch amüsiert, aber er hörte sich eher besorgt an, als er Hischam anblaffte: »Welcher Freund?«

»Bilal … Wir suchen unseren Freund Bilal.«

Nun bemerkte Hischam die Unsicherheit des Mannes, die er zu überspielen versuchte: »Bilal?«

»Ja, Bilal. Er müsste gestern mit einer gewissen Lina Awwad hier gewesen sein.«

Der Mann ruckte plötzlich nach vorne und packte Hischam am Hals. »Wo sind Lina und Bilal?«, brüllte er.

Hischam brachte kein Wort raus.

»Wo sind sie?«, schrie der Mann und drehte sich mit blitzenden Augen zu Tareq um.

»Das wissen wir auch nicht. Wir sind gekommen, um das von euch zu erfahren« sagte Levent schnell.

Der Mann ließ von Hischam ab und fuhr Levent an: »Woher kennt ihr Bilal und Lina? Wo sind die beiden?«

Hischam atmete hektisch ein und aus. An seinem Hals bildeten sich blaue Flecken. Mühsam keuchte er: »Auf seinem T-Shirt steht *Syrische Beobachtungsstelle*!«

»Scheiße! Wir sind Freunde!«, rief Tareq.

»Unser Freund Bilal hat für Ihre Organisation gearbeitet«, sagte Hischam außer Atem.

»Woher kennt ihr Bilal?«, fragte der Mann. Er rief einen der Vermummten zu sich und befahl ihm, die Waffe an Hischams Schläfe zu halten.

Levent und Tareq hielten entsetzt die Luft an.

»Wenn du versuchst, uns anzulügen, wirst du sterben. Hast du verstanden?«

»Bilal ist unser Freund«, sprudelte Hischam panisch drauflos. »Wir sind alle aus Berlin. Lina kennen wir nicht. Wir haben erst heute erfahren, dass sie Bilals Milchschwester ist und dass beide sich in Ihrer Organisation engagieren.«

»Woher weiß ich, dass ihr mich nicht anlügt? Dass ihr nicht Assads Leute seid?«, fragte der Mann und fixierte sie mit starrem Blick.

»Wir sind deutsche Staatsbürger! Sehen Sie doch in unsere Pässe!«

»Das hat nichts zu sagen. Die können genauso gut gefälscht worden sein. Und selbst wenn sie echt sind, beweist das nicht eure Unschuld.«

Der Mann wurde etwas ruhiger. »Durchsucht sie«, sagte er nun.

Einer nach dem anderen wurden sie in ihren Fesseln hochgezerrt und abgetastet. Die Beute – Ihre Handys, Brieftaschen und Schlüssel – wurden vor dem Anführer auf den Boden gelegt.

Dieser bückte sich und nahm das erste Smartphone in die Hand. Als er es aktivierte, fragte er: »Passwort?«

»Viermal die eins«, keuchte Tareq.

Der Mann grunzte verächtlich, als er das Handy erfolgreich entsperrt hatte. Er warf ein paar hektische Blicke in WhatsApp und Fotogalerie, dann reichte er das Gerät einem der anderen Männer, der sich sofort gründlicher mit dem Inhalt befasste.

Der Anführer hielt das nächste Handy hoch. Es war das von Levent.

»3398«, sagte Levent vorsichtig. »Ich kann mich aber auch irren. Ich nehme immer die Gesichtserkennung.«

Der Mann grunzte erneut und hielt Levent das Handy vors Gesicht. Sofort erschien die Oberfläche. Er reichte auch dieses Gerät weiter.

»Eins, zwei, drei, vier«, keuchte Hischam, noch bevor der Fremde sein Handy hochhalten konnte.

Er klickte sich durch Hischams Facebook-Profil, checkte seinen Twitter-Account und ging die Anruflisten durch.

Die anderen Männer sagten etwas auf Arabisch, das nicht mal Hischam verstand.

»Hm … keine verdächtigen Anrufe, kein vernünftiger Passwortschutz, keine Verschlüsselung … Ihr seid entweder sehr gut getarnt oder ziemliche Idioten.« Er sprang auf und brüllte Tareq an: »Seid ihr Idioten?«

»Jaaa«, schrie Tareq und heulte. Zwischen seinen Beinen breitete sich ein dunkler Fleck aus.

Der Fremde bemerkte es und schnaubte abermals verächtlich. »Ihr passt nicht ins Profil der Schabiha-Milizen oder des syrischen Geheimdienstes. Die würden eher sterben, als sich einzupissen. Bindet sie los, aber bleibt wachsam.« Er beobachtete die drei Deutschen genau, als sie losgebunden wurden. »Ich weiß nicht, wer ihr seid, aber wenn ihr euch noch einmal hier blicken lasst, dann kommt ihr nicht so glimpflich davon. Wenn ihr tatsächlich auf der Suche nach Bilal seid, wenn Bilal tatsächlich euer Freund ist, dann rate ich euch, euch vorzusehen. Wer dieses Gebäude betritt oder verlässt, wird verfolgt. Assads Leute sind überall. Sie kontrollieren, wer ein und ausgeht, verfolgen sie, machen sie und ihre Familien ausfindig. Wen sie für gefährlich oder auch nur bedrohlich halten … oder lästig, den holen sie.«

Der Mann im parkenden Auto. Vielleicht bin ich doch nicht paranoid, schoss es Levent durch den Kopf.

»Wir wissen, dass Lina belastende Beweise gegen einen aus Assads Familie gesammelt hat. Wir wissen auch, dass er von England aus alles koordiniert. Lina hatte für nächste Woche einen Termin beim Internationalen Gerichtshof, um die Beweise einzureichen«, stieß Hischam hervor, während er sich die Kehle rieb.

Der Mann deutete auf die rußgeschwärzte Wand.

»Von den Beweisen ist nichts mehr übrig. Unser Büro wurde gestürmt und alle Rechner und Akten zerstört. Sie haben einfach alles zerstört.«

»Habt ihr kein Back-up oder Kopien von den Beweisen gemacht?«, fragte Hischam.

»Natürlich«, sagte der Mann matt und zog sich die Skimaske vom Kopf. »Aber ich musste sie vor ihren Augen löschen. Sie haben meine Frau … Meine Familie ist hier nicht mehr sicher, die Organisation ist hier nicht mehr sicher. Und ihr auch nicht. Kehrt sofort in euer Land zurück. Es gibt nichts, was ihr für Bilal tun könnt. Oder für Lina. Wir haben es mit einem Staat zu tun, der im Geheimen operiert. Betet, dass Bilal und Lina da Heil rauskommen«, sagte er, nun völlig kraftlos. »Ihr Schicksal liegt in Allahs Hand.«

»Waren Lina und Bilal hier?«

Der Mann nickte.

»Gestern Nacht? Wieso sind sie zu so einer späten Stunde hergekommen?«, fragte Levent.

»Uns war klar, dass der syrische Geheimdienst uns nicht in Ruhe lassen würde. Wir haben über die Jahre gut aus unserem Versteck heraus operieren können. Es gab immer wieder mal Drohungen und Verfolgungen, aber wir konnten viele Massaker des Regimes in Syrien aufdecken und auch

Namen von Verantwortlichen weiterleiten, aber solange diese Leute in Syrien leben, sind sie sicher. Putin schützt sie. Aber nun hatten wir das erste Mal schlagkräftige Beweise in der Hand, womit wir Assad und viele seiner Leute in ernsthafte Bedrängnis bringen konnten. Sie hatten nicht damit gerechnet, dass wir über die Jahre all ihre Strukturen offenlegen und Beweise sammeln würden. Zum ersten Mal standen wir kurz davor, eine wirksame Klage gegen einen ranghohen Offizier des Assad-Clans zu erwirken«, sagte der Mann und griff nach einem Glas Wasser. Er trank einen kräftigen Schluck und blickte die Jungs verbittert an. »Ich weiß nicht, wie sie davon erfahren haben, aber sie haben uns aufgespürt und bedroht, haben Lina geschrieben, sie würden sie kennen. Ihre Familie. Lina geriet in Panik und hat Bilal kontaktiert. Sie kamen hierher, um uns die Originaldokumente zu überreichen. Sie meinte, dass sie bei ihr nicht mehr in Sicherheit wären. Vielleicht war das der Plan von Assads Agenten, vielleicht war es auch einfach nur ein blöder Zufall, aber jetzt haben sie alles. Die Kopien sind vernichtet, die Originale sind in der Hand von Assads Leuten. Wir haben nichts mehr gegen sie in der Hand. Wir wollten alle Beweise zusammen einreichen, denn die Geheimdienste und der Internationale Gerichtshof nehmen einen mit lückenhaften Beweisen nicht ernst. Sie wollen sich nicht vor der internationalen Presse blamieren, wenn die Beweise nicht reichen«, sagte er verbittert.

»Sie haben seinen Drogenring aufgedeckt, richtig?«, mutmaßte Tareq. »Den, mit dem er das alles finanziert. Weil Zahlungen von Assad zurückverfolgt werden könnte. Das hat er sich von der CIA abgeguckt, die hat verdeckte Operationen auch mit Drogengeldern finanziert.«

Der Mann verzog das Gesicht zu einem müden Grinsen. »Du guckst zu viele Filme«, meinte er. »Aber im Prinzip ist es so. Oder so ähnlich zumindest.«

»Und was ist mit Bilal?«, hakte Hischam noch einmal nach. Er sah den Fremden hoffnungsvoll an.

»Wir wissen es nicht. Sie haben sie vermutlich mitgenommen. Vielleicht konnten sie auch fliehen. Wir wissen es nicht.«

»Wir konnten das Handysignal Bilals bis zur Themse verfolgen …«

Der Mann sah verwundert auf. »Respekt. Und?«

»Dort verliert es sich«, sagte Levent leise.

Der Mann schüttelte sich etwas. »Fahrt direkt von hier aus zum Flughafen und kehrt zu euren

Familien zurück, bevor es nicht mehr geht«, sagte er und ließ den Kopf hängen.

»Eine Frage noch. Wir werden die ganze Zeit von irgendjemandem verfolgt, seit wir gelandet sind. Kann das einer von Assads Männern sein?«, fragte Hischam. »Oder ist das jemand von euch?«

Der Mann schüttelte den Kopf. »Nicht von uns. Das klingt sehr nach den Einschüchterungsmethoden von Assads Leuten. Sie wollen Präsenz zeigen und einem das Gefühl geben, dass man ständig unter Beobachtung steht. Das machen sie, um einem Angst einzujagen. Man soll nicht weiter nachforschen. Wenn ihr mich fragt, dann tut das auch nicht. Seid froh, dass sie euch nur einschüchtern wollten, denn wenn man ihnen zu nahe kommt, dann wird es gefährlich. Glaubt mir.«

Die Jungs sahen einander betreten an und nickten schwach.

»Verstanden«, sagte Levent schließlich. »Und jetzt? Sollen wir einfach da rausgehen, wo Assads Männer lauern?«

»Sie werden euch nichts tun, sonst hätten sie das schon. Außerdem ... Ihr seid sowieso nirgendwo sicher. Sie kennen euch jetzt. Wenn sie euch finden wollen, dann finden sie euch. Ihr seid auch in Deutschland nicht mehr sicher. Tut mir leid. Das Einzige, was euch jetzt noch bleibt, ist die Füße still zu halten. Wenn sie glauben, dass von euch keine Gefahr droht, lassen sie euch in Ruhe.«

»Und was machen Sie jetzt?«

Der Mann sah ihn schweigend an. Da wurde Hischam klar, dass er ihm keinesfalls die Wahrheit sagen konnte. »Entschuldigung, blöde Frage«, sagte er. »Kommt, gehen wir.«

Seine Freunde folgten ihm in den Flur.

Kapitel 6

Freitag, 22.00 Uhr, noch 43 Stunden bis zum Rückflug

»Wann kommt der nächste Zug?«, fragte Hischam.

Sie waren mit dem Bus zurück zum Bahnhof gefahren und standen vor der Abfahrtstafel.

»Der kommt sicher in einigen Stunden«, sagte Levent.

»Ziemlich genau in acht Stunden. Heute fährt keiner mehr.«

»Na toll.«

»Suchen wir uns eine Schlafgelegenheit«, stöhnte Levent. »Mir tut alles weh.«

»Können wir vorher in einen Waschsalon?«, meinte Tareq leise.

Hischam sah ihn mitleidig an. »Vermutlich, aber willst du da eine Stunde nackt rumstehen? Lasst uns ein Hotelzimmer nehmen, da kannst du die Hose auch waschen.«

»Hotelzimmer geht nicht, da kriegen wir nur Doppelzimmer, das können wir uns nicht leisten«, brummte Levent.

»Hostel kommt für mich aber nicht mehr infrage«, protestierte Hischam.

»Es ist nur für eine Nacht. Ich geb' einen aus«, sagte Tareq und ging zurück zur Hauptstraße.

Die anderen folgten ihm nach kurzem Zögern.

Das Hotel lag in Bahnhofsnähe und war normalerweise für Montagetrupps gedacht. Die Einrichtung war fast so spartanisch wie im Hostel, dafür bekamen sie ein Vierbettzimmer zu einem bezahlbaren Preis.

Nachdem Tareq seine Hosen gewaschen und den Slip mit dem Hotelföhn getrocknet hatte, verrichtete auch er das Abendgebet und legte sich dann stöhnend aufs Bett. »Morgen nehmen wir den ersten Zug zum Flughafen und dann den nächsten Flieger zurück nach Berlin«, sagte er.

»Lasst uns mit einem Auto zurückfahren«, meinte Levent.

»Wieso?«

»Wegen dem Zwischenstopp von Bilal. Es macht keinen Sinn, dass sie bei einer einstündigen Autofahrt auf der Autobahn fast eine Stunde an der Raststätte gehalten haben. Wir sollten da vorbeischauen. Wir wissen jetzt, dass Bilal und Lina hier waren, und ich denke, dass auf dem Weg von Coventry nach London irgendwas passiert sein muss. Ich vermute, dass es an dem Ort ist, wo sie gerastet haben.«

»Warum hast du das nicht den Leuten von SOHR gesagt?«, murrte Tareq.

»Weil ... weil ich da unter Schock stand. Einfach nicht dran gedacht.«

»Kann denn einer von euch Linksverkehr?«

»Ich weiß nicht so recht. Ich halte das für keine gute Idee. Lasst uns von mir aus den Wagen mieten aber dann ohne Zwischenstopp direkt zum Flughafen fahren.«

Levents Smartphone piepste. »Tim hat die Zugangsdaten für Linas Facebook-Account geschickt.«

»Nur Facebook? Das nützt uns vermutlich nicht viel«, knurrte Hischam.

»Musst du selber gucken. Da ist viel auf Arabisch bei.« Levent reichte ihm sein Smartphone, auf dem er sich bereits in Linas Account eingeloggt hatte.

»Hm«, machte Hischam. »Der Typ hat wohl nicht gelogen, ist ja auch gut zu wissen. Sie hat tatsächlich Morddrohungen bekommen. Und zwar reichlich.«

»Auf Facebook? Machen die denn da nichts gegen?«, fragte Tareq.

»Facebook doch nicht. Und wenn, dann zu spät. Aber ist doch auch egal, für so was kann man sich ja auf die Schnelle einen Fake-Account machen. Die heißen alle Abu Irgendwas oder Löwen des arabischen Widerstandes«, sagte Hischam. »Die letzte Nachricht lautet: *Wir werden dich heute Nacht holen kommen.* Der Absender nennt sich Assads Soldat. Als Wohnort hat er Latakia angegeben, das ist eine Hochburg der Alawiten.«

»Ich will nach Hause. Wir können hier doch gar nichts mehr machen«, jammerte Tareq. »Wenn der Typ von SOHR recht hat, haben uns Bilals Entführer die ganze Zeit im Auge. Wenn wir Ruhe geben, lassen sie uns vielleicht gehen, aber wenn wir weitermachen, dann … Wir schweben in Lebensgefahr, ist dir das nicht bewusst? Wir sollten uns erst einmal selber retten, bevor wir versuchen, den Syrienkonflikt zu lösen.«

»Ich will nur wissen, wo Bilal steckt. Die anderen Dinge interessieren mich nicht. Wir fahren morgen zu der Raststätte und wenn da nichts zu finden ist, dann verspreche ich euch, dass wir direkt zum Flughafen fahren und den nächsten Flieger nach Berlin nehmen. Einverstanden?«

»Das sind wir ihm schuldig«, stimmte Hischam zu.

»Also gut«, sagte Tareq endlich.

Kapitel 7

Samstag, 7.00 Uhr, noch 34 Stunden bis zum Rückflug

Sie verließen das Hotel, ohne gefrühstückt zu haben, und eilten am Bahnhof vorbei zu einer Autovermietung, die auch am Flughafen eine Niederlassung hatte. Den Wagen buchten Sie online und konnten ihn daher Punkt 7:30 Uhr abholen, als das Büro öffnete.

Tims Koordinaten von Bilals Handy zeigten für den Zwischenstopp eine Raststätte mit dem Namen *Watford Gap Services* an, sie war nur 40 Kilometer entfernt.

»Kriegst du das hin?«, fragte Levent, als Tareq auf der Fahrerseite einstieg.

»So schwer kann das nicht sein. Außerdem muss ich es hinkriegen, ein Zusatzfahrer hätte ja noch mehr gekostet.«

Levent und Hischam nickten und stiegen ein.

»Du navigierst«, meinte Tareq zu Hischam, der diesmal vorne saß.

Als sie über die M1 auf dem Weg zu der Raststätte waren, meldete sich Levents Handy.

»Es ist eine WhatsApp-Nachricht von Bilal!«, rief er erschrocken.

»Was?«, keuchte Hischam.

»Eine Sprachnachricht. Moment …« Levent hielt sein Smartphone nach vorne.

Sie lauschten angestrengt, es war jedoch nur ein Stöhnen und Keuchen zu hören.

»Was soll das denn sein?«, blaffte Tareq.

»Ich glaube, das ist Bilals Stimme«, murmelte Levent und ließ die Sprachnachricht noch mal laufen.

»Antworte mal.«

»Oder ruf ihn einfach an.«

»Ja, Moment.« Aus Levents Handy ertönte ein lautes Freizeichen.

Nach einigen Minuten beendete er den Versuch. »Das muss ja nicht unbedingt Bilal sein. Vielleicht sitzt da jemand am PC und hat seinen WhatsApp-Account gehackt.«

Hischam brummte zustimmend.

»Ich schick mal eine Nachricht.«

»Und?«, fragte Tareq nach einer Weile.

»Nichts. Kein blauer Haken.«

»Ach Kacke.«

»Und was sagt uns das jetzt? Er lebt, oder? Und das ist ein gutes Zeichen«, sagte Levent nervös.

»Ja, wenn er das ist. Und … wenn die Aufnahme nicht schon direkt nach der Entführung gemacht wurde.«

»Entführung? Ihr redet ja so, als käme nichts anderes mehr infrage«, ereiferte sich Levent.

»Die Entwicklungen der letzten Stunden lassen keinen anderen Schluss zu. Aber warum sollte uns jemand diese Nachricht schicken?«

»Vielleicht ein Versehen?«

»Lasst uns erst mal zu dieser Raststätte, dann sehen wir weiter«, meinte Levent frustriert.

»Wir schauen kurz über den Platz und fahren anschließend direkt zum Flughafen!«, knurrte Tareq.

»Alles klar«, sagte Levent und ließ dabei den Wagen hinter ihnen nicht aus dem Auge, der sie schon seit sie auf der Autobahn waren verfolgte, wie er meinte. Das könnte aber auch nur Einbildung sein.

Watford Gap Services war eine traurige Ansammlung von kleinen Gebäuden und einer tristen Tankstelle im Hintergrund. Dazwischen lag eine große asphaltierte Fläche, die mit weißen Linien in Parkplätze eingeteilt war.

»Fast schon auf tragische Weise lieblos«, stellte Tareq fest, als sie auf den Parkplatz rollten. »Ein McDonalds, das passt.«

»Das ist nicht halal.«

»Das ist mir im Moment ziemlich egal.«

Levent erwiderte nichts darauf. Er war beruhigt, dass der Wagen, von dem er meinte, dass er sie verfolgte, nicht mehr in Sichtweite war. *Ich bin nicht paranoid. Nur etwas übervorsichtig. Was entsprechend der jetzigen Situation mehr als nur angemessen ist ...*

»Die haben auch vegetarisches Zeug zum Frühstück. Das ist ja fast so wie halal«, meinte Tareq nach einem Moment.

»Schon gut«, brummte Levent.

Sie parkten direkt vor dem Eingang. Levent sprang aus dem Wagen. »Bin gleich zurück«, rief er.

Als er nach einer Weile wiederkam, machte er ein enttäuschtes Gesicht.

Hischam stieg aus. »Und?«

»Nichts. Keiner hat die beiden hier gesehen. Andererseits waren auch nicht alle gestern hier und überhaupt ist hier ja sooo viel los«, grummelte er.

»Die hatten keinen Bock nachzudenken, oder was«, meinte Tareq, der ebenfalls ausgestiegen war und den Wagen abschloss.

Levent nickte frustriert.

»Dann lasst uns was frühstücken«, meinte Tareq und ging vor.

Sie saßen vor der Fensterfront. Tareq umklammerte seine Kaffeetasse und schüttelte sich kurz durch.

»Frierst du etwa?«, fragte Levent.

»Mir ist arschkalt.«

»Ich bin schweißgebadet«, meinte Hischam und rieb sich über die Augen. »Ruf doch mal Tim an und frag ihn, ob er mal gucken kann, wo Bilals Handy gerade ist«, rief er auf einmal.

»Oh Mann, klar!«, keuchte Levent und griff hastig nach seinem Handy.

»Da steht ein Wagen neben unserem«, sagte Tareq leise.

»Und?«

»Der stand da vorhin nicht.«

»Mensch, das ist eine Raststätte. Warum wundert dich das?«

»Ich kenne den Wagen.«

»Woher?«

»Von der Autovermietung. Genau so ein roter Kia stand da auch. Ich hatte noch überlegt, ob wir den nehmen sollen, weil er billiger ist, aber der hatte nur zwei Türen und deshalb …«

155

»Davon gibts doch Tausende.«

»Der hat ein Coventry-Kennzeichen.«

»Wir sind ja auch in der Nähe von Coventry.«

»Verdammt, er hat recht. Da ist so ein Aufkleber oben an der Windschutzscheibe. Eine Nummer. Das ist ein Mietwagen.«

Levent bemerkte, dass es derselbe Wagen war, der die ganze Autobahnfahrt über dicht hinter ihnen fuhr.

»Oh Mann … Und jetzt?«, fragte Hischam ratlos in die Runde.

»Ob das Assads Leute sind? Verfolgen die uns? Hat der Typ von SOHR doch gesagt«, fragte Tareq in Levents Richtung, doch der regte sich nicht.

»Levent, alles gut bei dir?«

Hischam rammte Tareq den Ellbogen in die Seite. »Da drüben. Wieder der Typ mit der Kamera.«

»Verdammte Scheiße … Los, den schnappen wir uns!«, rief Levent und sprang auf.

»Bleib hier!«, sagte Tareq scharf. »Wenn er dazugehört, ist er sicher nicht alleine. Wir wollen lebend zurück nach Berlin!«

Levent war hin- und hergerissen.

Da piepste Levents Smartphone. »Zwei Bilder und eine Sprachnachricht von Bilal«, sagte er verblüfft.

»Und?«

»Lädt noch.«

Tareq schielte zu dem Mann mit der Kamera, der hinter den parkenden Fahrzeugen stand und offenbar annahm, dass sie ihn nicht bemerken würden. Er beobachtete sie unverhohlen und machte ständig Fotos mit einer Kamera und dem Handy. »Ob das von dem ist?«

»Die Nachricht? Glaub ich nicht.«

»Er hat aber ständig ein Handy in der Hand.«

»Wir könnten ja einfach mal mit ihm reden, ganz ruhig.«

»So, wie bei der SOHR vorhin, wo wir nur nach Bilal fragen wollten und dabei fast draufgegangen sind?« Tareq spuckte die Worte fast aus.

»Ruhe«, sagte Levent und hielt sein Handy zwischen sie.

Eine verzerrte Stimme sagte etwas auf Arabisch. Die Aufnahme dauerte nur etwas über eine Minute.

»Was sagt er?«

Sie sahen Hischam an, der die Stirn in Falten warf.

»Echt schwer zu verstehen. Mach noch mal.«

Levent spielte die Nachricht erneut ab.

Hischams Stirnfalten wurden tiefer. »Sie behaupten, dass sie Bilal gefoltert hätten und er hat ihnen alles verraten hätte. Auch über uns. Sie haben wohl bessere Hacker als wir, denn der Kerl behauptet, sie könnten uns in Echtzeit tracken und sogar über unsere Handys abhören. Sie wissen, wer wir sind, wo wir sind und was wir reden. Außerdem behauptet er, sie hätten unsere Handys blockiert, wir könnten nicht mehr raustelefonieren.« Hischam wartete vorsichtig die Reaktion seiner Freunde ab.

»Hat der echt gesagt, sie haben Bilal gefoltert?«

Hischam nickte schwach.

»Nach dem, was wir bei unseren Freunden von der SOHR erlebt haben, klingt Folter bei unseren Feinden ziemlich glaubhaft«, flüsterte Levent.

»Meint ihr, das stimmt? Können die das wirklich?«

»Vermutlich. Wenn ein Hostelfuzzi wie Tim das kann, dann können es Geheimdienstfuzzis wohl auch.«

»Außerdem sollen wir hierbleiben und auf weitere Anweisungen warten. Wir sollen mit niemandem reden.«

Die drei sahen sich beunruhigt um.

»Die können uns viel erzählen. Womöglich machen wir uns grade zum Affen und warten hier schön, bis die eintrudeln.«

»Und der Typ?«

»Ach Scheiße, der Typ«, fluchte Tareq.

»Waren da nicht noch Bilder?«, schnaufte Hischam plötzlich und starrte Levent an.

Der hob die Hand mit dem Smartphone und sah drauf. Er ließ es fallen und presste die Hände auf den Mund. Hischam konnte das Handy gerade noch auffangen, bevor es vom Tisch rutsche.

»Was …« Mit zusammengekniffenen Augen warf Hischam einen Blick auf den Bildschirm und stöhnte etwas auf Arabisch.

»Was? Was ist denn?«, heulte Tareq und streckte die Hand nach dem Smartphone aus, zuckte dann aber zurück, als würde es glühen. »Was?«, fragte er nur und ballte die Fäuste.

»Das ist ein Finger«, presste Hischam hervor. »Und ein Bild von Bilal und einer Frau. Gefesselt, zusammengeschlagen, voller Blut.«

Tareq sammelte sich kurz, dann griff er nach dem Handy und sah sich die Bilder selber an. Auf dem ersten war ein abgeschnittener Finger in einer Blutlache zu sehen. Das zweite Bild zeigte Bilal und vermutlich Lina, die mit dünnen Stricken, die sich in ihr Fleisch schnitten, an Stahlrohrstühle gefesselt waren. Sie waren halb nackt, die Kleidung hing in Fetzen an ihnen herunter. Große Hämatome bedeckten ihre Körper, die Gesichter waren geschwollen, sie waren schmutzig und voller Blut. Die Haare klebten ihnen am Kopf. Bilals linke Hand war verbunden.

»Mein Gott«, stöhnte Tareq leise.

»Was machen wir jetzt bloß. O Allah, steh uns bei«, murmelte Hischam mit tränennassen Augen.

Sie schwiegen eine Weile, starrten nur apathisch zu Boden.

»Wir könnten hier ein Festnetztelefon benutzen und die Polizei rufen oder einfach die Leute hier um Hilfe bitten«, schlug Tareq schließlich vor. »Die Typen werden uns ja wohl nicht am helllichten Tag vor so vielen Zeugen abmurksen.«

»Es gibt Zielfernrohre und so …«

»Ach laber nicht. Die haben Bilal. Er lebt!«, rief Levent aufgebracht. »Noch!«, setzte er hinzu. »Wenn wir uns den Anweisungen widersetzen, bringen sie ihn womöglich um. – Oder uns. Oder uns alle.«

»Oder sie tun das sowieso und die Frage ist nur, wie einfach wir es ihnen machen«, sagte Tareq fest.

»Es gibt noch eine zweite radikale Lösung«, sagte Hischam und atmete tief aus.

»Und die wäre?«

»Wir lassen unsere Handys hier liegen und hauen ab.«

»Du vergisst wohl, dass wir nicht nur über die Handys geortet werden, sondern dass sie Männer auf uns angesetzt haben. Wenn wir die Handys hierlassen, kriegen sie uns trotzdem. Wir sollten tun, was sie verlangen, alles andere ist viel zu gefährlich«, beharrte Levent.

Da piepste sein Smartphone schon wieder. Es war eine schriftliche Nachricht über WhatsApp, diesmal auf Deutsch: *Keine Polizei. Kein Festnetz. Wir sehen alles. Wir hören alles. Kein Fluchtversuch.*

»Okay!« Tareq warf die Hände in die Höhe. »Alles klar. Das war der Beweis. Gut, wir bleiben hier. Okay? Alles klar …«

»Beruhig dich«, sagte Hischam und drückte Tareqs Schulter.

Der fing an zu weinen.

Hischam nahm ihn in den Arm. »Ist schon gut«, sagte er nur.

Levents Handy signalisierte eine weitere Nachricht. Er las vor: »Rückflug sofort stornieren. Flüge von Heathrow nach Gaziantep buchen. Mit VISA von Jan. Halbe Stunde Zeit. Oh, da lädt noch ein Foto.«

Levent wartete einen Moment, dann hielt er den anderen das Handy hin. Sie erkannten Bilal, dem mit einem Messer der Mundwinkel zu einem Grinsen verzogen wurde.

»Was das bedeutet, ist ja wohl klar.«

»Die haben uns in der Hand, wie in diesem blöden Film …«

»Das hier ist aber kein Film. Die ziehen die Schlinge um uns zu«, hauchte Hischam tonlos. »Wenn wir nach Gaziantep umbuchen, sieht es so aus, als würden wir dazugehören. Das ist es, was sie wollen. Uns bloßstellen.«

»Die Alternative wäre, Bilal zu verraten«, knurrte Levent entrüstet.

»Wir wissen ja nicht sicher, ob wir ihn überhaupt retten können …«

»Oder uns …«

»Aber wir wissen, dass die jedes Wort hören«, stellte Levent fest.

Sie sahen betreten zu Boden.

Erneut piepte Levents Handy. Er hielt es wortlos hoch und sie beobachteten, wie ein Bild geladen wurde. Als es fertig war, zeigte es fast dasselbe wie zuvor, nur dass das Messer diesmal in Bilals Mundwinkel geschnitten hatte, etwa einen Zentimeter. Blut lief über seine Wange.

»Ich buche die Flüge. Wer kümmert sich um den Storno?«, keuchte Tareq.

»Das hat Bilal gebucht. Wie sollen wir das stornieren?«, fragte Levent.

Kurz darauf piepte sein Handy.

»Sie haben mir die Buchungsnummer und Bilals Zugangsdaten bei Ryanair geschickt«, seufzte Levent.

Nun war es Hischam, dem eine Träne über die Wange lief.

»Die Flüge sind gebucht«, sagte Tareq nach einer Weile. Er hatte die ganze Zeit über keinen Laut von sich gegeben, obwohl seine Freunde sehen konnten, dass er große Schwierigkeiten hatte.

»Was war denn?«, fragte Levent.

Tareq winkte ab.

»Nein, sprich. Wenn die … diese Leute denken, dass wir Zeit schinden wollen, dann …«

Tareq sah erschrocken auf. »Das ist einfach total kompliziert auf Englisch. Ich musste mehrmals neu anfangen, weil ich irgendwo falsch geklickt hatte. Und dann muss man ja auch für alle Reisenden die Ausweisnummern angeben und so.«

»Echt? Und woher hattest du die?« Hischam sah ihn verblüfft an.

»Die haben mir die geschickt. Die Daten waren ja auf Bilals Handy, die haben wir ihm doch für die Flugbuchung nach London alle gegeben.«

»Ja, stimmt«, seufzte Hischam. »Die können also tatsächlich sehen, was du am Handy machst?«

Tareq nickte stumm.

»Super«, flüsterte Levent und schniefte.

»Ist der Typ immer noch da draußen?«

Hischam sah hoch und nickte.

»Hm …« Tareq schüttelte den Kopf. »Das passt alles nicht zusammen.«

»Meint ihr, wir müssen den Flug nach Gaziantep antreten?«, wollte Hischam nun wissen.

Levent hoch hilflos die Schultern. »Warum sonst hätten wir den Flug nach Berlin stornieren müssen?«

»Wo ist das überhaupt?«, fragte Tareq.

»Türkisch-syrisches Grenzgebiet. Von da aus kann man nach Aleppo.«

»Ich hoffe ja mal, das soll nur so aussehen …«

Levent hob abermals die Schultern. »Und selbst wenn … Von da kämen wir ja wieder weg.«

»Mein Kreditlimit ist nicht unbeschränkt«, zischte Tareq nun. »Viel haben wir nicht mehr. Und dann? Hocken wir ohne Geld am Arsch der Welt.«

»Es ist nur die Türkei, Mann.«

»Ach leck mich!«

»Flippt jetzt nicht aus«, sagte Hischam ruhig und legte beiden die Hände auf die Schultern. »Wir kommen hier schon irgendwie wieder raus.«

Das bekannte Piepen ertönte. Levent schob das Handy einfach nur in die Mitte.

Ihr werdet überleben, wenn ihr alles tut.

»Sehr beruhigend«, knurrte Tareq.

Es piepte erneut.

10 Cable St. 2 Stunden Zeit.

»Was sollen wir da?«, fragte Tareq matt.

»Werden wir sicher erfahren, wenn wir da sind. Los, zwei Stunden ist nicht lang.«

»Moment.« Tareq gab die Adresse bei Google-Maps ein. »Das ist in London. Hundertdreißig Kilometer. Zwei Stunden Fahrzeit.«

»Toll. Die haben auch Google. Also los«, kommandierte Levent.

Kapitel 8

Samstag, 12.00 Uhr, drei Stunden bis zum Abflug nach Gaziantep

Nach etwas mehr als zwei ereignislosen Stunden, in denen sie kaum geredet und keine weiteren Nachrichten empfangen hatten, standen sie vor dem Jack-The-Ripper-Museum in Whitechapel.

»Soll das ein Witz sein?«, fragte Tareq.

»Kann ich mir nicht vorstellen«, meinte Hischam.

Levent verschränkte die Arme und sah sich missmutig um.

»Das Museum ist schon offen«, stellte Tareq fest. »Kaufen wir Tickets?«

Levent hielt sein Smartphone hoch. »Sollen wir Tickets kaufen«, sagte er zu dem Gerät.

Es dauerte einen Moment, dann ging eine weitere Nachricht ein: *Nr. 10. Awwad.*

Levent ging zum Hauseingang neben dem Museum. »Ja, steht hier am Briefkasten.« Er drückte gegen die Tür. Sie war verschlossen. »Keine Klingel.«

»Gehen wir mal in den Hinterhof«, schlug Hischam vor.

Sie umrundeten das Gebäude und kamen über eine Toreinfahrt in den Hof, wo sie einen Hintereingang entdeckten. Eine steinerne Außentreppe führte hinauf.

Im Flur roch es nach indischen Gewürzen.

Das Haus war nur drei Stockwerke hoch. Sie gingen an den Wohnungstüren vorbei und suchten nach dem richtigen Namen.

Als sie unter dem Dach angekommen waren, standen sie vor einer offenbar eingetretenen Tür.

Levent drückte sie vorsichtig auf. »Hallo?«

»Hier muss es sein«, meinte Hischam. »Na geh schon.«

Levent blieb stehen und blickte durch den Türspalt in die Wohnung. Es war dunkel, weil die Jalousien zugezogen waren. Er knipste den Lichtschalter an und trat schließlich ein. Hischam und Tareq folgten ihm.

Sie gingen ins Wohnzimmer, in dem eine kleine Kochnische war. Es gab noch zwei weitere Türen, von denen eine zu einer kleinen Toilette mit Dusche führte. Hinter der anderen war eine Kammer, in der Schuhe, Kameras, USB-Sticks und Lebensmittelkonserven auf dem Boden lagen.

Hischam untersuchte die Kameras, deren Speicherkarten fehlten.

Es war eine kleine schmucklose Wohnung, die offensichtlich Lina gehörte. Auf der Couch lag eine dünne Bettdecke, darauf ein alter Laptop.

Levent ging zur Kochnische und öffnete den kleinen Kühlschrank. Er war so gut wie leer. Eine halbgeöffnete Packung Scheibenkäse, Schwarzbrot, Butter und Hummus waren noch drin. An der Wand hing die neue grün-weiß-schwarze syrische Nationalflagge der Unabhängigkeit mit drei fünfzackigen Sternen in roter Farbe, die nach Ausbruch des Bürgerkrieges immer mehr das Straßenbild bei Protestmärschen zierte.

Plötzlich drang das laute Schreien einer Frau aus dem Treppenhaus herein.

»Lina?«, rief Tareq erschrocken und rannte zur Tür.

Er streckte den Kopf hinaus, doch da war nur ein indisches Ehepaar, das sich stritt. Der Mann gab Tareq mit unwirschen Handbewegungen zu verstehen, dass er sich verziehen sollte.

»Das war nur ein streitendes Ehepaar. Die Leute scheint es aber nicht zu interessieren, wenn Fremde in der Nachbarwohnung sind.«

Levents Smartphone piepste. Diesmal war es eine Sprachnachricht. Hischam nahm das Handy aus Levents Hand und hörte sich die Nachricht an:

»Ihr werdet Linas Wohnung komplett auf den Kopf stellen. Ihr reißt die Schubladen raus, brecht die Regale auf und demoliert die gesamte Inneneinrichtung. Ihren Laptop und die Kameras werdet ihr ebenfalls zerstören. Ich möchte ein Bild der Zerstörung sehen. Als hätte man wilde Tiere in ihrem Zimmer eingesperrt, die hungrig das ganze Haus nach Beute absuchen und dabei in ihrer Zerstörungswut eine Schneise der Verwüstung hinter sich herziehen. Wenn ihr damit fertig seid, schickt ihr mir ein kurzes Video von eurem Werk zu. Wenn das zu unserer Zufriedenheit ausgeführt wurde, kommen wir alle eurer Freilassung näher. Ihr habt zehn Minuten, die jetzt beginnen.«

»Verdammt«, stöhnte Tareq.

»Fangt an«, sagte Levent energisch. »Die Zeit ist knapp.«

Kopfschüttelnd öffnete Tareq die kleinen Hängeschränke in der Küche und hielt unschlüssig zwei Gläser in Händen. Dann ließ er sie fallen, schob den Arm in den Schrank und wischte den Inhalt heraus.

Währenddessen zertrampelte Hischam die Kameras, während Levent mit einem Küchenmesser das Sofa zerschnitt.

»Hast du das etwa schon mal gemacht?«, wunderte sich Tareq.

»Nein, aber ich gucke auch Filme«, keuchte Levent.

Als er mit dem Sofa fertig war, sah er unschlüssig den Laptop an. Er versuchte, ihn zu starten, aber als eine Passwortabfrage erschien, verdrehte er nur die Augen und knallte das Gerät gegen die Kante vom Couchtisch.

Als die zehn Minuten um waren, machte Levent einige Fotos und schickte sie ab. Da hörten sie plötzlich ein Knarzen von draußen.

»Wartet mal«, sagte Ferhat. »Hört ihr das auch?«

Jemand schien die Treppenstufen hochzusteigen.

»Das sind bestimmt die Nachbarn«, sagte Hischam besorgt.

»Mir egal, sollen sie die Polizei rufen!«, schrie Levent.

Tareq hielt sich den Finger an die Lippen und machte ein paar vorsichtige Schritte Richtung Tür. Die Schritte im Treppenflur waren nicht mehr zu hören. Sie hielten alle den Atem an, als sich die Tür einen Spalt öffnete. Sie sahen nur, wie ein Auge in die Wohnung blinzelte. Tareq wollte in den Flur treten, doch Levent hielt ihn am Arm fest.

»Warte! Das sind nicht die Nachbarn. Die würden nicht in die Wohnung spähen und lautlos vor der Haustür stehenbleiben.«

Levent schaute sich um und versuchte, etwas zu finden, womit er im Falle eines unerwarteten Angriffes Gegenwehr leisten konnte. Als seine Finger über die Küchenzeile huschten, bekam er ein Buttermesser zu fassen. *Verdammte Scheiße! Soll ich dem Humus über die Augen schmieren, wenn der mit 'ner Knarre hier antanzt?*

In dem Augenblick wurde der Türspalt breiter und eine Kameralinse stach hervor. Im selben Moment hörten sie unzählige Knipser. Levent warf das Buttermesser Richtung Tür und sprintete los. Der Mann hastete sofort die Treppen hinunter.

»Was zum …«, sagte Hischam.

»Sag deinem verdammten Chef, dass wir das Video gleich schicken!«, brüllte Levent dem Mann wütend hinterher.

»Der wollte Fotos von uns in dem Chaos hier«, sagte Tareq resigniert. »Es sieht dann so aus, als wären wir das gewesen.«

»Das sind wir gewesen«, korrigierte ihn Hischam.

»Ja. Und er hat Beweisfotos gemacht.«

»Scheiße.«

Erst jetzt realisierte Levent, wer ihr angeblicher Verfolger, den sie anfänglich für einen dubiosen

Agenten hielten, tatsächlich zu sein schien. Er hatte seit ihrer Landung sie verfolgt und fotografiert, damit sie die Entführung Bilals und Linas Levent und seinen Freunden anlasten konnten. Das hatten sie sehr schlau eingefädelt. Jetzt, da ihre Fingerbadrücke überall in Linas Wohnung waren und es Beweisfotos gab, wie sie Linas Wohnung verwüsteten, und weitere Fotos, wie sie nach Coventry den Spuren Bilals und Linas gefolgt waren ... Jetzt waren sie die Hauptverdächtigen. Auf die Hilfe der Polizei konnten sie nicht mehr hoffen.

Levent ließ sich mit dem Rücken gegen die Wand fallen. *So wie es aussieht sind wir die Hauptverdächtigen. Sie hatten für alle Optionen einen Plan bereit. Sollten wir direkt die Polizei einschalten und uns raushalten, wäre das Problem für sie ohnehin gelöst. Sollten wir ihnen nachschnüffeln, dann hatten sie zur Sicherheit von Anfang an den Agenten auf uns angesetzt, der Beweisfotos gegen uns sammelt. Unsere Fingerabdrücke und DNA-Spuren sind in der ganzen Wohnung verteilt. Wir stecken in der Scheiße. Tief in der Scheiße!*

Sein Handy piepte. Eine Sprachnachricht:

»Ihr könnt das besser. Da hing ja noch diese Pseudo-Flagge an der Wand. Die reißt ihr runter und steckt sie in Brand. Ihr zeichnet jetzt eine

Sprachnachricht auf Deutsch, Türkisch und Arabisch auf. Da werdet ihr in eurer Landessprache sagen: *Lang lebe der Islamische Staat.* Diese Sprachnachricht schickt ihr uns dann zu. Unter der Couch findet ihr die Flagge des Islamischen Staates. Die haltet ihr hoch und posiert davor. Das Bild möchte ich in fünf Minuten sehen.«

Die drei Freunde sahen sich entsetzt an. Keiner vermochte es, einen Laut von sich zu geben.

Levent hob vorsichtig die Couchgarnitur an und zog eine schwarze Flagge mit arabischem Schriftzug heraus. Er hielt sie hoch und wandte sich mit zitternder Stimme an Hischam: »Was … steht da?«

Hischam schluckte laut. »Der Islamische Staat in Irak und Syrien. Eine Fahne. Eine Nation.«

Tareq hob hilflos die Schultern und wedelte mit den Händen durch die Luft.

Levent schickte die Fotos ab, gleich nachdem sie wortlos ihrer Aufgabe nachgekommen waren. Er machte Anstalten, zuvor noch darüber mit Tareq und Hischam zu sprechen, doch auch ihnen war bereits klar, dass sie mittlerweile so tief in dieser Sache gefangen waren, dass dieses Foto nicht mehr den großen Unterschied zwischen Schuld und Unschuld machen würde. Dafür hatte der *Agent* bereits zu viele Beweisfotos gegen sie in der Hand, die sie als Hauptverdächtige ausreichend belasten könnten.

Levent wartete schweigsam auf die Antwort ihrer Erpresser. *Wieso haben die vom SOHR in Coventry uns nichts davon erzählt, dass der IS dahinterstecken könnte? Wir haben uns zu sehr auf den syrischen Geheimdienst festgelegt. Dabei konnten wir bei Tims Wohnung lesen, dass Bilal und Lina sowohl von dem syrischen Geheimdienst als auch vom IS bedroht wurden. Warum mischt sich der IS überhaupt ein? Bilal und Lina wollten die Klage gegen Assads Clan einreichen und nicht gegen den IS. Das macht doch keinen Sinn ...*

Durch ein Piepen wurde Levent aus seinen Gedanken gerissen. Diesmal war es eine Textnachricht:

Hinter dem Kühlschrank findet ihr einen Benzinkanister und Streichhölzer. Fackelt die Wohnung ab. Filmt den Brand von der Straße aus.

Levent wurde blass. Hischam und Tareq bissen sich auf die Unterlippe.

Mit einem weiteren Piepen kündigte sich ein Bild an. Als es fertig geladen war, sahen sie Bilal, dem das Messer nun an ein Auge gedrückt wurde.

5 Minuten lautete die nächste Nachricht.

Levent stöhnte. »Keine Zeit für Diskussionen. Los!« Er versuchte, den Kühlschrank zu packen, aber der stand in einem Unterschrank, sodass Levent die Finger nicht dazwischen bekam.

Tareq stieß ihn grob beiseite, öffnete die Tür und zog an ihr, worauf der kleine Kühlschrank aus seiner Nische rutschte. Dahinter fanden sie den angekündigten Kanister.

Tareq stellte ihn auf den Boden und trat einen Schritt zurück. Levent hingegen hob die Streichholzschachtel auf, die hinten an der Wand lag, schraubte den Kanister auf und begann, dessen Inhalt in eine Ecke zu schütten.

»Nicht zu viel, Mann!«, rief Tareq erschrocken.

»Sonst brennt es zu schnell. Wir müssen doch noch raus.«

»Und die anderen warnen«, sagte Hischam leise und schlug die Hände vor den Mund.

Levent nickte. Er schüttete noch etwas vor das Fenster und schraubte den Kanister wieder zu.

»Wir schmeißen ihn in den Hof, sonst explodiert der noch«, schlug Tareq vor.

Levent öffnete das Fenster, warf den Kanister hinaus und holte dann ein Streichholz aus der Schachtel.

Tareq stürzte zur Tür und in den Flur, dabei brüllte er »Fire! Fire!«

Hischam folgte ihm, so schnell es sein Fuß zuließ.

Levent wartete, bis Hischam im Treppenhaus verschwunden war, dann entzündete er das Streichholz und warf es Richtung Fenster.

Es ging sofort aus.

Er wiederholte das so lange, bis sich eine bläuliche Flamme blitzschnell an der Wand neben dem Fenster ausbreitete. Levent wollte noch die andere Seite anzünden, wo er viel mehr Benzin verschüttet hatte, dessen Dämpfe ihn husten ließen, aber da loderten die Flammen schon so heftig, dass er panisch hinausrannte.

Im Flur traf er auf aufgeregte Bewohner. Nun rief auch er »Fire!« und stürmte an den Leuten vorbei.

Im ersten Stock wurde Levent für einen Moment panisch, weil es nicht weiterging, die Leute stauten sich vor der Tür, die nach innen aufging, und verstopften den Gang. Hinter ihm wurden die Schreie hysterischer.

Als die Menge sich soweit durch den Flur geschoben hatte, dass Levent die Tür packen und mit aufdrücken konnte, wurde er schlagartig mit hinausgedrängt und von Tareq aufgefangen, als er von der kleinen Steintreppe zu stürzen drohte. Andere Leute hatten weniger Glück und in die

Angstschreie mischten sich nun auch Wehgeschrei und erste wütende Rufe.

»Nichts wie weg!«, keuchte Tareq und zerrte Levent auf die Beine.

Hischam hatte es bereits bis zu Straße geschafft. Der indische Mann von vorhin griff nach Tareq, ein anderer Bewohner schloss sich ihm an und lief hinter Levent her, der über den Hof stolperte.

Da gab es eine gewaltige Explosion unter dem Dach, die alle herumfahren und mit offenen Mündern nach oben starren ließ.

»Komm schon!«, heulte Tareq und zog Levent mit sich, als Dachschindeln und Mauerbrocken in den Hof regneten.

Die Leute hielten sich die Hände über den Kopf und liefen kreischend Weg. Die vermeintlichen Täter waren für den Moment vergessen.

Levent schrie auf, doch Tareq zerrte ihn unerbittlich weiter. Da traf auch ihn etwas Hartes an der Schulter und presste ihm die Luft aus den Lungen.

Hischam erwartete sie ungeduldig an der Straße. »Weg hier! Ich höre schon Sirenen!«

Hinter ihnen krachte ein Dachbalken in den Hof und trennte sie vom Rest der Meute ab. Sie konnten in der Staubwolke, die sich erhob, nicht erkennen, ob die anderen getroffen worden waren.

»Los! Los!«, schrie Tareq und riss Levent mit sich.

Der wandte sich endlich ab und begann zu laufen.

Als sie am Wagen ankamen, fiel Tareq der Schlüssel immer wieder aus der Hand. Schließlich nahm Hischam ihn und öffnete. Levent lief um den Wagen rum und wollte schon einsteigen, dann fiel ihm das Video ein und er holte sein Handy raus. Er filmte, wie die Flammen aus dem weggefegten Obergeschoss schlugen. Die Explosion hatte auch die beiden angrenzenden Dächer abgedeckt, die ganze Straße war voller Backsteine, Holzsplitter sowie großer und kleiner Trümmer.

»Steig ein!«, brüllte Tareq, der endlich den Motor anbekommen hatte.

Levent schwang sich auf den Vordersitz und knallte die Tür zu.

»Scheiße!«, schrie er. »Scheiße! Scheiße.«

Tareq fuhr aus der Parklücke und in die entgegengesetzte Richtung des Blaulichts, das er sehen konnte. Die Feuerwehrfahrzeuge kamen bereits angerast.

Der Wagen rumpelte mit Schrittgeschwindigkeit über die faustgroßen Backsteinbrocken, den größeren Trümmern wich Tareq aus. Dennoch stand zu befürchten, dass der Wagen liegen blieb.

Erst nach fünfzig Metern wurde es besser und er konnte Gas geben.

»Hast du das Video abgeschickt?«, keuchte er.

»Ja.«

»Und?«

»Lädt noch.«

»O Allah!«, heulte Hischam auf dem Rücksitz. »Was haben wir getan?«

»Man hat uns gezwungen«, sagte Tareq lahm.

»Was ist da explodiert?«

»Keine Ahnung, vielleicht haben die da eine Bombe deponiert. Das Benzin haben sie ja auch da hingebracht. Die wollten, dass wir …«

»Die haben uns so tief in die Scheiße geritten, dass sie uns in der Hand haben«, schrie Hischam.

»Ja«, sagte Tareq leise. »Ja.«

»Das Video ist hochgeladen.«

»Und?«

»Die müssen es ja noch runterladen.«

»Verdammt!«

»Jetzt beruhig dich wieder! Das ist ja nicht zum Aushalten mit der Flucherei.«

»Leck mich!«, schrie Tareq und schlug aufs Lenkrad. »Scheiße! Scheiße! Scheiße!« Er schlug immer stärker auf das Lenkrad.

Levent hielt seinen Arm fest. »Ruhig, Junge, sonst löst du noch den Airbag aus.«

Das half. Tareq wischte sich über die Augen und schniefte etwas.

»Achte auf den Verkehr, Mann!«

»Jaja«, keuchte er und reduzierte die Geschwindigkeit. Dann fuhr er auf den Parkplatz eines Supermarktes.

»Herrgott! Ich kann nicht mehr.«

»So Allah will …«

»Ja, schön. Alte Gewohnheit. Also o Allah, ich kann nicht mehr.«

Tareq lachte gequält auf und musste nun kichern.

Levent klopfte ihm auf die Schulter. »Alles klar, Bruder. Das ist der Stress. Eine ganz normale nervöse Reaktion.«

Sein Handy piepte.

»Oh, eine Sprachnachricht.« Er spielte sie ab.

Sie hörten Applaus.

Tareq wischte sich übers Gesicht, Hischam gab von ihnen einen erstickten Laut von sich.

»Diese Schweine.«

Levent hob sofort den Finger an die Lippen und sah Tareq böse an.

»Ist ja gut.«

Nachdem der Applaus abebbte, begann ihr Erpresser zu sprechen:

»Hört ihr das? Das bedeutet, dass ihr eure Aufgabe zu unserer vollsten Zufriedenheit erfüllt habt. Man hätte ja nicht ahnen können, dass ihr gleich das gesamte Gebäude in Brand steckt. Wir wollen aber nicht so kleinlich sein, schließlich sind wir keine wilden Tiere, nicht wahr? Ihr seid entschlossen genug, auch das Leben eurer Freunde zu retten. Das ist gut. Die lokalen Sender berichten bereits alle von dem Hausbrand mit gefährlichen Explosionen. Ihr werdet bald große Stars werden. Wir sind unserem Ziel ganz nah gekommen. Ihr habt eine allerletzte Aufgabe. Geht zu eurem Hostel. Wir waren mit Bilals Ausweis vorhin kurz da und haben euch in eurem Zimmer ein Präsent hinterlegt. Das mit den Kontrollen sehen sie da nicht so streng. Den Zimmerschlüssel bekommt ihr beim Empfang. Ein kleines Präsent für all die Mühe in den letzten Stunden und die gelungene Kooperation. Sobald ihr in euren Zimmern seid, meldet ihr euch kurz. Ihr solltet euch beeilen. Noch zweieinhalb Stunden bis zum Abflug.«

»Wir müssen also wirklich dahin fliegen«, stöhnte Tareq.

»War doch klar.«

»Was sollen wir im Hostel? Unser Gepäck ist am Bahnhof.«

»Keine Ahnung, aber es eilt. Wir müssen ja auch noch einchecken, also haben wir höchstens noch anderthalb Stunden.«

»Wartet mal«, sagte Tareq und begann zu grübeln. »Wieso gehen wir nicht zur nächsten Polizeistation und zeigen ihnen die Sprachnachrichten unserer Erpresser. Damit sind wir nicht mehr verdächtigt und vielleicht können sie lokalisieren, woher die Nachrichten abgeschickt werden.«

Levent drehte sofort den Chatverlauf zu Tareq.

»Aber … aber … Wieso hast du die Bilder und die Sprachnachrichten gelöscht? Die Textnachrichten sind auch weg … Die sind unsere einzigen Beweise gewesen.«

»Hab ich nicht«, sagte Levent und steckte das Smartphone wieder in seine Hemdtasche. »Sobald die Bilder, Textnachrichten und Sprachnachrichten gelesen wurden, löschen die sich automatisch. Ich habe es schon mit einem Screenshot versucht, aber auch diese Bilder werden gelöscht. Ich weiß nicht, was für einen Hacker die da bei sich sitzen haben, aber der scheint zu wissen, wie man Beweise vernichtet.«

Tareq schlug kräftig auf das Lenkrad. Die Hupe wurde ausgelöst, wodurch eine alte Dame vor dem Wagen sich erschreckte. Dabei fielen ihre Einkaufstüte zu Boden und Äpfel rollten über den Parkplatz. Hischam sprang sofort raus und half ihr, die Äpfel wieder einzutüten.

Als er zurückkam, klopfte er auf Tareqs Schulter. »Das wird schon wieder.«

Tareq schwieg und fuhr los Richtung Hostel.

Kapitel 9

Samstag, 13.00 Uhr, zwei Stunden bis zum Abflug nach Gaziantep

Als sie das Hostel betraten, kamen ihnen ein paar Kostümierte entgegen.

»Verdammt, was haben die hier bloß ständig mit den Kostümen? Ist Halloween?«

»Quatsch. Die stehn da wohl drauf. Inselaffen halt«, schnaufte Tareq.

Levent sah ihn an und musste lachen.

Tareq zwinkerte ihm zu und verzog das Gesicht, aber das Lächeln erreichte nicht die Augen. »Can we get our key?«, sagte er zu der hübschen Hexe hinter dem Tresen.

»Sure. Whats your costumes? Hobos on the run?« Sie grinste die drei an.

»Ganz genau«, sagte Tareq auf Deutsch und nahm ihr den Schlüssel aus der Hand.

»Vor nichts ist man mehr sicher heutzutage. An jeder Ecke lauert die Versuchung«, rief er, als sie die Treppe hocheilten.

»Die da?«, meinte Levent. »Die sieht doch aus wie die Hexe Baba Jaga.«

»Macht euch nicht über das Aussehen der Menschen lustig«, sagte Hischam ernst.

»Bleib ruhig, Bruder. Wir machen nur Konversation.«

Im Treppenhaus saßen viele kostümierte Gäste und versperrten den Treppenaufgang. Sie drängten sich durch das Treppenhaus und erreichten ihr Stockwerk. Nun traten sie in den Flur. Aus der Dachterrasse drang laute Musik zu ihnen rüber. Levent sah, dass viele Touristen heiter zum Rhythmus der Popmusik tanzten, ohne ihren Pappbecher aus der Hand zu geben. Als Tareq vor ihrer Zimmertür stand, atmete er tief durch. Er blickte eindringlich in die Augen von Levent und Hischam.

»Hier hat das Unheil seinen Lauf genommen. Hoffentlich wird hier der ganze Spuk auch sein Ende finden«, sagte Tareq und öffnete vorsichtig die Tür zu ihrem Zimmer. Es sah so aus, wie sie es verlassen hatten.

Levent zog die Tür hinter sich zu. Auf dem Bett unter dem Fenster lag eine große Reisetasche.

»Was machen wir jetzt? Warten wir auf die nächste Nachricht oder schauen wir, was in den Taschen ist?«, fragte Tareq.

»Geschissen auf die Sprachnachricht«, sagte Levent und machte die Tasche auf.

»Sei bitte vorsichtig.«

»«Jaja«, schnaufte er wütend und sah hinein. »Äh, da sind Klamotten drin.«

Seine Freunde sahen ihn fragend an.

Levent hielt eine Daunenweste hoch.

»Was sollen wir damit?«, fragte Tareq.

»Oh Mann«, sagte Levent und sackte in sich zusammen.

»Was ist?«

»Die ist zu schwer …«

»Hä?«

»Die wiegt so viel wie … wie eine Sprengstoffweste, würde ich sagen.« Er legte die Weste aufs Bett und holte die anderen beiden heraus. »Die auch.«

Tareq drückte den ausgestreckten Finger in das Obermaterial. »Da ist was Festes drunter.«

»Eine Nachricht«, stellte Levent mit einem Blick auf sein Handy fest. Da steht, wir sollen sie anziehen.«

»Auf keinen Fall«, keuchte Tareq.

Hischam trat einen Schritt zurück.

Das Handy piepte wieder.

»Sie schicken Bilder«, sagte Levent gequält und hielt das Handy hoch.

Als das erste Bild fertiggeladen hatte, sahen sie Bilal, dessen Mundwinkel bis fast zum Ohr aufgeschnitten worden war.

Hischam schlug sich die Hand vor den Mund und drehte sich weg.

Das zweite Bild war fertig. Darauf wurde Bilal die Zunge mithilfe einer Zange aus dem Mund gezogen und eine große Gartenschere angehalten.

»Scheißescheißescheiße«, wimmerte Tareq.

Levent schossen Tränen in die Augen. Langsam hob er die Weste vor sich an und begann, vorsichtig einen Arm hineinzuschieben. »Hört auf«, schluchzte er. »Wir tun es ja.«

»Also ich nicht!«, sagte Tareq entsetzt und drängte sich am Bett vorbei.

Da vibrierte sein eigenes Handy. Irritiert holte er es aus der Tasche und sah die Nachricht: *Dann sprengen wir sofort und alle, die im Haus sind, sterben mit euch.*

Seine Beine gaben nach und er sackte heulend aufs Bett.

Levent fing an, wie von Sinnen zu kreischen. Tareq drehte sich zu ihm um, da knallte ihm auch schon eine Faust ins Gesicht. Ehe er sich versah, zwängte Levent ihm die Weste über.

Tareq leistet keinen Widerstand. Als er schluchzend auf dem Bett saß, fiel sein Blick auf Levents Handy neben ihm. Darauf war ein weiteres Bild zu sehen, das Bilals Zunge zeigte, die nun neben seinem Finger auf dem Boden lag. Tareq erbrach sich zwischen seine Beine.

Darunter war eine Sprachnachricht, die er abspielte:

»Ihr habt exakt zehn Minuten, um auszuchecken und euch freundlich vom Personal zu verabschieden. Unsere Männer haben das Hostel umstellt. Ihr solltet so kurz vor dem Ziel nicht euer und das Leben der jungen Gäste aufs Spiel setzen. Eine kleine Fernzündung und ihr seid samt allen Gästen Geschichte und eure beiden Freunde müssten euch dann leider auch in den Tod folgen. Bewahrt jetzt einen kühlen Kopf. Die Sprengstoffwesten sind eine reine Vorsichtsmaßnahme, dass ihr nicht meinen Männern etwas antut oder euch entscheidet, auf den letzten Metern der Zielstrecke euch zu verirren. Ihr verlasst ruhig das Hostel und steigt in den Mietwagen. Meine Männer werden euch zu uns fahren. Danach werdet ihr alle vier gemeinsam das Land verlassen Richtung türkisch-syrische Grenze. Und euer Freund hätte seine Zunge noch, wenn ihr gespurt hättet. Zehn Minuten laufen – ab jetzt!«

»Verzeihung! Verzeihung!«, heulte Tareq. »Verzeiht mir! Ich kann nicht mehr! Ich kann nicht mehr!«

Nachdem sich Tareq einigermaßen gesäubert hatte wandte er sich Levent und Hischam zu: »Was, wenn die nur bluffen? Was, wenn das einfach nur Sandsäckchen oder so in der Weste sind? Wenn uns überhaupt keine Männer folgen und sie nur die gehackten Handys haben und einfach nur so tun, als hätten sie die absolute Kontrolle über uns?«, fragte Tareq auf einmal.

»Es können Bomben sein oder auch nicht«, sagte Hischam. »Wir kennen uns nicht aus und können es nicht beurteilen. Es ist egal. Wenn wir nicht tun, was sie sagen, tun sie Bilal was an. Und dann ist da ja auch noch Lina. Wenn sie uns sprengen können, ist es nun sowieso schon zu spät. Und wenn sie es nicht können, müssen wir es für Bilal tun.«

Tareq nickte. »Okay. Gut, ja. Okay.«

»Stell dir einfach vor, es sind nur Attrappen, wenn das für dich einfacher ist.«

Noch bevor Tareq was dazu sagen konnte, klopfte es an der Tür.

»Verdammt. Es sind doch erst paar Minuten vergangen«, sagte Tareq.

Levent beschwichtigte mit der Hand. Zunächst hielt er sein Ohr an die Tür, doch er konnte nichts hören. Gerade als er sich den Jungs zuwenden wollte, um ihnen zu sagen, dass das wahrscheinlich einer der Partygäste war, klopfte es heftiger. Levent schreckte zurück. Er legte die Hand dennoch an die Türklinke und nickte Tareq und Hischam zu. Dann riss er die Tür sperrangelweit auf und trat einen Schritt zurück.

»Na sieh mal einer an, wen haben wir denn hier? Die Village People. Wie ich sehe, amüsiert ihr feinen Herren euch mit euren schicken Westen auch ohne mich«, sagte die Empfangsdame im Hexenkostüm und versuchte, sich vor der Tür anzubiedern.

»Was für ein Trauerspiel«, flüsterte Levent mehr zu sich als zu den Jungs.

Sie verschwand ebenso schnell wie sie gekommen war. Die Jungs schauten sich mit einem großen Fragezeichen im Gesicht an.

»Was war das denn?«, fragte Levent.

Hischam rollte nur mit den Augen.

Als Levent gerade die Tür wieder schließen wollte schob die Hexe wie aus dem Nichts ihren Fuß dazwischen. »Ach ja, beinahe hätte ich es vergessen: Euer Freund hat sich nach euch erkundigt.«

»Unser Freund? Wie heißt er und wie sah er aus?«, fragte Tareq.

»Keine Ahnung, wie der heißt. Das werdet ihr ja wohl besser wissen. Jedenfalls hat der sich echt schräg gekleidet. Er scheint seine Rolle ziemlich ernst zu nehmen. Sehr distanziert und nicht gesprächig. Das scheint ihr aber alle zu sein«, sagte

die angetrunkene Hexe mit einem beleidigten Gesichtsausdruck und verschwand mit einem lauten
Lachen.

Levent machte die Tür zu und lehnte sich dagegen. *Scheiße! Das waren sicher die IS Leute.
Die warten schon unten auf uns.*

***

Als sie in der Lobby eintrafen, erhielten sie eine
weitere Nachricht.

»Wir sollen auschecken«, sagte Levent.

»Na klar«, brummte Tareq und trat an den Tresen. Levent sah zum Ausgang und bemerkte einen
vermummten Mann, der ihn anstarrte. *Da ist er,
unser Freund. Sehr clever. Bei dieser Kostümparty
wird niemand Verdacht schöpfen, dass es sich bei
dem Psychopathen womöglich wirklich um einen
IS-Anhänger handelt.*

Die als Hexe verkleidete Empfangsdame strahlte Tareq an.

»Can we check out?«

Sie machte ein betont trauriges Gesicht. »O re-
ally? Party is just starting …«

»Some problems with the family«, sagte Tareq,
ohne zu lächeln.

Sie nickte und erledigte es, ohne ein weiteres Wort zu verlieren. »No refunds«, sagte sie zum Abschluss.

»Okay. Bye«, sagte Tareq nur.

Sie schien zu frösteln, als sie sein Nicken erwiderte.

Ein Mann im Frankensteinkostüm kam ihnen entgegen und trat an den Tresen. Levent blieb stehen und starrte ihn einen Moment an, dann stupste er Tareq an und nickte zu dem Monster.

Tareq sah Levent nur verwirrt an.

Der machte eindeutige Kopfbewegungen zu dem Kostümierten, sodass Tareq ihn sich genauer ansah.

»Hast du ihn erkannt?«, fragte Levent.

»Nein, wer soll das sein?«, fragte Tareq.

»Pass jetzt gut auf«, sagte Levent und trat näher an den Tresen. Er spürte förmlich, wie der vermummte Mann vor der Tür ihn jetzt genau beobachtete. Levent deutete auf eine große Big-Ben-Abbildung, die hinter dem Tresen hing. »Tim. Ich weiß, dass du es bist. Bitte höre mir gut zu und antworte nicht. Ich werde dir gleich etwas auf einen Notizblock schreiben und übergeben.«

Levent sah aus dem Augenwinkel, wie Tim ihn versteinert ansah, doch Levent schaute weiter auf das Bild. Er nahm einen der bereitliegenden Blöcke und begann zu schreiben.

Tareq drehte sich nervös um, ob sie irgendjemand beobachtete, dann hielt er Hischam am Arm und schüttelte den Kopf.

Levent riss den Zettel ab und schob ihn zu Tim, der so tat, als kenne er sie nicht. Als er den Zettel bemerkte, schob er ihn energisch zurück.

Levent kniff die Augen zusammen und schob den Zettel abermals zurück. Levent und Hischam wurden langsam unruhig.

»Bleibt bitte jetzt alle cool. Wir haben nur diese eine Chance und werden in diesem Augenblick beobachtet«, sagte Levent und vermied weiterhin Augenkontakt mit Tim. »Tareq und Hischam. Ihr legt eure Handys auf den Tresen, sobald ich zum Ausgang gehe. Lasst eure Handys hier zurück. Tim weiß schon, was er damit machen muss«, sagte Levent und verabschiedete sich von der Hexe noch einmal eindringlich.

Tim rollte mit den Augen und las den Notizblock, ohne ihn anzufassen: *Draußen steht ein Mann vor der Tür, der uns drei gleich entführen wird. Bitte lies das durch, als würdest du deinen Arbeitsplan für die kommende Woche lesen. Unsere Handys werden gerade abgehört. Du hast meine Nummer. Finde bitte schnell meine GPS-Koordinaten heraus und gebe sie an die Behörden weiter, sobald wir hier raus sind. Die beiden*

Smartphones neben diesem Zettel gehören Hischam und Tareq. Nimm sie! Deaktiviere sofort die GPS-Ortung und öffne die letzten WhatsApp Nachrichten, dort findest du alle Beweise. Die Nachrichten wurden gelöscht. Versuch, sie wieder herzustellen. Bilal wurde entführt. Uns wurden Sprengstoffwesten aufgesetzt. Evakuiert sofort das Hostel, sobald wir hier weg sind. Verständige sofort die Polizei! Das ist kein Scherz! Jetzt! Bitte Tim!

Der vermummte Mann winkte die Jungs mit einer aggressiven Handbewegung zu sich. Levent lief als Erster auf den Mann zu. Diesen Moment nutzten Tareq und Hischam, um schnell ihre Handys am Tresen neben den Notizblock abzulegen.

Als sie auf die Tür zugingen, rief die Hexe ihnen noch ein letztes Mal hinterher: »Da hinten kommt er. Euer Freund, der nach euch gefragt hatte.«

Levent sah, wie ein Mann sich vom Frühstücksraum dem Tresen näherte. *Mist! Das ist unser Agent. Will der jetzt noch ein Bild von uns in diesen Sprengwesten machen oder was?*

Der Mann schnappte sich den Notizblock und die beiden Smartphones, die Tim nicht angerührt hatte, und verschwand durch den Hinterausgang.

193

***

Tareq startete den Motor. Der vermummte Mann hatte sich neben ihn auf den Beifahrersitz gesetzt. Der Mann erklärte Hischam auf Arabisch, dass sie den Anweisungen auf Levents Handy folgen sollten. Dort ging gerade eine Adresse ein, die Tareq gleich im Navi eingab.

»Warum fahren wir nicht nach Heathrow?«, wunderte sich Hischam. »Der Flug geht in zwei Stunden.«

»Keine Ahnung«, meinte Levent, »vielleicht müssen wir doch nicht fliegen.«

Sie sahen sich an. Levent legte den Finger an die Lippen. Sie nickten sich beklommen zu, dann fuhr Tareq los.

Nach einer halben Stunde, sie waren noch recht weit von der angegebenen Adresse entfernt, erhielten sie eine weitere Adresse zugeschickt.

»Hä? Was soll denn das?«

»Vermutlich, um eventuelle Verfolger zu täuschen, oder so«, seufzte Tareq. »Ist doch egal.«

Der vermummte Mann gab die neue Adresse bei Google ein, nachdem er Levent harsch das Smartphone entwendet hatte.

»Das ist gleich hier um die Ecke«, stellte Tareq fest.

Hischam warf ihm einen besorgten Blick zu. Tareq wurde immer langsamer, bis der Wagen stoppte.

»Start!«, blaffte der vermummte Mann und hielt die Mündung seines Revolvers jetzt in Tareqs Schritt.

Tareq stammelte irgendwas, das Levent nicht verstand.

Der Mann nickte grimmig und sagte erneut: »Start!«

»Where?«, fragte Tareq und fädelte sich in den Verkehr ein.

»Straight.«

»Was meint er?«

»Straight ahead, meint er, geradeaus«, erklärte Levent.

»Toll, der kann nicht gut Englisch, das wird ja lustig«, versuchte Hischam vom Ernst der Lage abzulenken.

Der vermummte Mann lotste sie mit hingeworfenen *left*, *right* und *straight* in eine etwas heruntergekommene Gegend in der Nähe der Themse.

»Immerhin fahren wir Richtung Heathrow.«

»Du sagst das, als wäre das was Gutes«, murrte Tareq.

Hischam schwieg. Levent bemerkte, wie er ganz dicht an die Tür gerückt war. Hischam legte die Hand auf den Türgriff.

Was hat dieser Idiot jetzt vor! Levent wollte ihn gerade warnen, dass er nicht im Traum daran denken solle, als der vermummte Mann einen letzten Befehl gab:

»Stop. Right.«

»Was, hier rein?« Tareq steuerte den Wagen durch eine Toreinfahrt auf ein weitläufiges Gelände, das wie eine Mischung aus Schrottplatz, Werkstätten und Lagerhallen aussah.

Hinter ihnen wurde das Rolltor zugeschoben.

»Da sind Bewaffnete«, keuchte Levent.

»Dann sind wir jetzt wohl da«, presste Tareq zwischen den Zähnen hervor.

Der Mann neben ihm deutete nach vorne zu einer offenen Halle. Tareq rollte langsam darauf zu.

»Stop!«, befahl der Mann erneut.

Als der Wagen stehen blieb, sprang er raus und knallte die Tür hinter sich zu.

»Verdammte Scheiße!«, platzte es aus Hischam raus. »Das war der gruseligste Typ, den ich jemals gesehen habe. Und ich studiere in Ägypten, wo praktisch an jeder Ecke jemand mit Maschinenpistole steht.«

Levent schluckte.

»Wir müssen hier weg. Wir sagen ihnen, dass wir alles machen und am besten rechtzeitig zum

196

Check-in sollten«, meinte Levent und rieb sich nervös die Hände.

»Ich glaube nicht, dass wir in der Position sind, Fragen zu stellen«, sagte Hischam. »Die Sache ist komplett durchorganisiert. Wir können nur noch tun, was sie sagen.«

»Jaja«, stöhnte Levent und wischte sich den Schweiß von der Stirn.

»He, beruhige dich. Du kriegst gerade eine Panikattacke«, meinte Tareq besorgt.

»Ich kriege keine Luft.«

»Mach das Fenster auf.«

Levent starrte hinaus und schüttelte den Kopf. Dann begann er bewusst ruhig zu atmen.

»Das ist gut. Du schaffst das«, sagte Hischam und klopfte ihm leicht auf den Rücken.

Tareq starrte einen Moment aus dem Fenster. »Diese Hilflosigkeit ist zum Ausflippen!«

»Schhhhh …«, machte Hischam. »Bleib ruhig!«

»Die brauchen uns für irgendwas. Lebend. Die werden uns nicht sprengen. Jetzt schon gar nicht! Dann würden sie ja mit hochgehen. Wir sollten die Gelegenheit nutzen!«

»Mann halt die Fresse!«, zischte Levent. »Denk an Bilal!«

Tareq presste die Augen zusammen.

»Scheiße!«, schluchzte er dann und umklammerte das Lenkrad.

»Ist ja gut Mann, du schaffst das.« Levent hatte sich wieder unter Kontrolle und legte Tareq die Hand auf die Schulter von hinten.

»Ich hoffe, unsere Entführer sind sich im Klaren darüber, dass unsere Nerven blank liegen«, sagte Hischam laut. »Es ist nicht nötig, wegen jedem Ausraster gleich irgendwem was abzuschneiden. Wir tun alles, was verlangt wird, ist das klar?«

»Ja«, sagte Levent ebenfalls laut und deutlich. Er sah Tareq an.

Der schniefte und sagte dann mit brüchiger Stimme: »Sie werden Bilal niemals mit uns kommen lassen. Das war von Anfang an eine Lüge.«

»Wie redest du, Junge! Hast du Bilal schon abgeschrieben oder was?«, zischte Levent und starrte Tareq wütend an. Dabei tippte er sich energisch mit dem Zeigefinger an die Lippen.

»Wenn sie uns nicht irgendwo in die Luft jagen, werden sie uns irgendwas anhängen. So oder so sind wir im Arsch. Wir haben keinen gesehen und wissen nicht, wer die sind. Bilal und Lina hingegen schon. Die werden die nicht gehen lassen.«

Plötzlich riss ein Vermummter die Fahrertür auf und hielt Tareq eine Pistole an den Kopf.

Tareq hob langsam die Hände, während sämtliche Farbe aus seinem Gesicht wich. Er presste die Augen zusammen und zitterte wie Espenlaub.

Der Vermummte sagte sehr ruhig: »Five.«

Tareq machte die Augen auf und sah ihn ratlos an. »Four.«

Tareq sah zu Levent, der ihn entsetzt anstarrte. »Three.«

»Okayokay, sorry, sorry! I do what you want.« »Two.«

»I do everything!« Tareq fing an zu heulen und sank in seinem Sitz zusammen. »Please! Please!«

»Bang!«, brüllte ihn der Mann an.

Tareq zuckte so heftig zusammen, dass er sich den Kopf am Lenkrad stieß.

Der Mann lachte nur und warf die Autotür zu.

Tareq klammerte sich schluchzend ans Lenkrad und zitterte noch stärker.

Levent legte ihm beruhigend die Hand auf die Schulter.

Der Vermummte trat vor den Wagen und winkte. Dann deutete er auf die Halle.

»Du sollst da reinfahren«, sagte Levent.

Tareq rappelte sich mühsam hoch und nickte. Nach ein paar ungeschickten Versuchen hatte er sich wieder soweit im Griff, dass er den Wagen starten konnte.

Der Vermummte beobachtete ihn dabei. Er wirkte entspannt, fast amüsiert.

Sie rollten langsam hinein, bis jemand »Stop!« rief. Die Türen wurden von außen geöffnet.

»Wir sollen wohl aussteigen«, sagte Levent und schwang die Füße hinaus. Mit erhobenen Händen kam er aus dem Sitz hoch und sackte vor dem bewaffneten Mann, der ihn in Empfang nahm, zusammen.

»Get up!«, brüllte der.

Levent rappelte sich hoch.

»Was hast du?«, rief Hischam besorgt.

»Nur weiche Knie«, gab Levent zu und straffte sich etwas.

Auch die anderen stiegen aus und wurden von Männern, deren Gesichter von Schals und Tüchern verborgen wurden, zu einer Wand dirigiert.

Jemand fuhr den Mietwagen aus der Halle. Die Männer, die um sie herumstanden, kicherten vergnügt.

»Was sagen sie?«, fragte Levent.

»Die machen Witze über Tareq«, glaube ich. »Das ist Syrisch, aber den Dialekt verstehe ich kaum.«

Levent sah Tareq an, der die Hände vor seinen Schritt hielt. Er sah beschämt zu Boden. Levent bemerkte, dass er sich wieder eingenässt hatte.

»Sag nichts«, meinte Hischam nur.

Dann wurde ein anderer Wagen in die Halle gefahren. Ihm folgte ein weiterer und schließlich ein dritter. Es waren völlig unscheinbare Alltagsfahrzeuge: ein *Toyota*, ein alter *Rover*-Kombi und ein billiger koreanischer SUV.

Hischam wurde am Arm gepackt und zum *Toyota* gedrängt.

Dann wurde Tareq in die Mitte gezerrt, wo er kurz strauchelte und die Arme hochnahm, um das Gleichgewicht zu halten. Die Männer brüllten vor Lachen, als der Fleck zwischen seinen Beinen nun unübersehbar wurde. Sie traten beiseite und bildeten eine Gasse zu dem *Rover*, auf den Tareq nun zueilte.

Jemand öffnete die hintere Tür des SUVs und Levent setzte sich ebenfalls in Bewegung.

»Yalla!«, schrie der Mann, der Tareq die Waffe an den Kopf gehalten hatte und der *Toyota* fuhr los.

Kapitel 10

Samstag, 14.00 Uhr, eine Stunde bis zum Abflug nach Gaziantep

Die beiden Männer, die mit Hischam im Toyota saßen, legten ihre Tücher ab. Nun sahen sie aus wie ganz normale Londoner. Hischam saß auf dem Rücksitz, neben ihm der Ältere der beiden Araber. Er hatte leicht graue Schläfen.

»Wohin fahren wir?«, fragte Hischam auf Arabisch.

Doch der Mann legte nur den Finger an die Lippen. »Entspanne dich«, sagte er langsam und mit einem merkwürdigen Akzent. Er lächelte Hischam freundlich an. »Wir fahren jetzt zu Heathrow. Deine Freunde kommen mit den anderen Wagen. Wenn ihr alles gut macht, seid ihr morgen wieder zu Haus.«

»Warum habt ihr uns getrennt, wenn wir doch alle zum Flughafen fahren?«

»Sicherheit. Wenn einer von euch Fehler macht, bleiben noch zwei andere.«

Hischam starrte ihn einen Moment an und vergaß dabei, zu atmen.

»Was passiert mit unserem Freund Bilal?«, fragte er schließlich.

Der Mann machte eine nichtssagende Geste und schürzte die Lippen. »Bilal war sehr kooperativ. Wenn er alles gut macht, wird er überleben. Es ist wichtig, dass alle wissen, dass Kooperation gut. Ja? Wer kooperiert ist gut.«

»Verstehe«, sagte Hischam leise, traute den sanften Worten aber nicht. Er hatte das Gefühl, er sollte für das, was noch kommen würde, in Sicherheit gewiegt werden.

Er tat, als würden die Worte Wirkung zeigen, und sah aus dem Fenster.

»Du gehst sofort zum Check-in«, sagte der Mann und übergab Hischam sein Flugticket.

Hischam nickte.

Der Mann lächelte zufrieden. »Gut.«

Fünfzehn Minuten erreichten sie Heathrow und nahmen die Fahrspur zu Terminal 2. Überall patrouillierten bewaffnete Polizisten.

»Die Umgebung ist mit viel Polizei gesichert, siehst du? Nicht die Nerven verlieren, ja? Es ist wichtig, dass du unsere Anweisungen befolgst, damit ihr alle nach Hause könnt.«

»Oh Allah, steh mir bei«, sagte Hischam.

Der Mann lachte leise. »Nein. Das solltest du lassen. Benutze diese Worte nicht in der Nähe eines Flughafens. Das könnte einen der Ungläubigen nervös machen, ja?«, sagte er und klopfte Hischam auf die Schulter. »Vor dem Terminal darf nicht parken. Du steigst aus, sobald wir anhalten, ja?«

»Mit der Weste?«

Der Mann nickte. Dabei lächelte er immer noch.

»So komme ich aber doch nicht durch die Sicherheitskontrolle!«, keuchte Hischam. Seine Augen weiteten sich.

Der Mann beugte sich etwas vor und sah ihm fest in die Augen. »Doch. Ist sicher. Kann nicht entdeckt werden.«

Hischam ruckte nach vorn und übergab sich.

»Du Verfluchter!«, sagte der Mann angewidert und rutsche von Hischam weg.

Dann nahm er das Tuch, das er zuvor um seinen Kopf gewickelt hatte, und gab es Hischam. »Mach dich sauber und steig aus. Mach!«

Hischam, der zwischen seinen Beinen hindurch gespuckt hatte, wischte sich mit dem streng riechenden Tuch die Speichelfäden vom Mund und würgte erneut. Dann rollte er das Tuch zusammen und wischte sich die Spritzer von den Schuhen.

Der Fahrer, der immer langsamer geworden war, sagte etwas für Hischam Unverständliches.

»Genug!«, kommandierte der Mann. »Jetzt geh!«

Der Wagen hielt an. Hischam öffnete die Tür, warf das Tuch über sein Erbrochenes im Fußraum und stieg aus, dabei verfing er sich im Sicherheitsgurt.

Sie standen neben den Taxis. Normale Autos durften hier nur durchfahren aber nicht halten, einige Taxifahrer hupten daher sofort wütend los.

»Hier dürft ihr nicht halten!«, wurde aus heruntergelassenen Fenstern gebrüllt.

»Beil ich!«, sagte der Mann auf der Rückbank unwirsch.

»Ja doch«, schnaufte Hischam und versuchte, das Bein aus dem Gurt zu kriegen, der sich nachstraffte und ihm dabei immer wieder entglitt. Hischam nestelte fahrig herum und wirkte, als würde er jeden Moment umkippen.

»Ich verspreche dir, dass du heute Abend nach Hause fliegen wirst«, sagte der Mann betont beherrscht. »Mach dir keine Sorgen. Deine Freunde ebenso. Bleib ruhig.«

Hischam gelang es, den Gurt zu lösen und die Tür zu schließen. Da kamen bereits zwei Polizisten an, die von den Taxifahrern hergerufen worden waren.

Der *Toyota* fuhr los und war nach wenigen Sekunden im fließenden Verkehr verschwunden.

Hischam atmete einmal tief ein und betrat dann das Terminal …

***

»Wann sind wir da?«, fragte Tareq unsicher. Er hatte die ganze Zeit geschwiegen, aber nun hatte er das Gefühl, etwas sagen zu müssen.

Der Mann neben ihm warf ihm nur einen vernichtenden Blick zu.

Tareq hatte keine Ahnung, wo sie hinfuhren. Er hörte ein Summen. Der Mann neben ihm holte ein Handy hervor und sagte etwas auf Arabisch, wie Tareq vermutete.

Nach einem kurzen Wortwechsel steckte er das Handy wieder ein und sagte etwas zum Fahrer, der nur knurrte. Dann wechselte er die Spur und nahm die Ausfahrt.

»Was ist?«, wollte Tareq wissen.

»Ruhig!«, schnauzte der Mann neben ihm.

»Aber … wir wollten doch zum Flughafen?«

»Flughafen. Ja.«

»Aber wir wenden!«, rief Tareq.

»Sei leise«, wehrte der Mann neben ihm schroff ab. »Neuer Plan. Flughafen. Ja.«

Tareq begann erneut zu schwitzen. Der feuchte Schritt fühlte sich kühl und klebrig an. Er kam sich vor, wie ein Aussätziger, weil der ganze Wagen nach ihm stank. Seine beiden Begleiter ertrugen das mit einer unerwartet stoischen Ruhe, was ihn zusätzlich beunruhigte.

Tareq sah auf das Auto-Display, auf das er zuvor ihre Route verfolgt hatte. »Wir fahren zum Buckingham Palace?«, rief er erschrocken.

Sein Bewacher schüttelte genervt den Kopf.

Als sie nach einer Weile die Schnellstraße verließen, bemerkte Tareq einen Wegweiser, auf dem *Piccadilly Circus* stand.

***

Levent konnte nichts sehen, weil ihm während der Fahrt eine Augenbinde angelegt wurde. Nachdem der Wagen zwanzig Minuten über festen Untergrund gefahren war, spürte er die letzten fünf Minuten, dass sie auf einer unbefestigten Straße unterwegs waren. Immer wieder wurde er von rechts nach links geschleudert und der maskierte Mann neben ihm machte keine Anstalten, ihm auf irgendeine Art behilflich zu sein.

Der Wagen holperte über einen unebenen Weg. Obwohl die Fenster geschlossen waren, konnte Levent das Knirschen der Wagenreifen auf Schotter hören.

Nachdem er ein letztes Mal mit dem Kopf an die Decke geknallt war, kam der Wagen zum Stehen. Keiner sagte ein Wort. Levent hörte, wie der Fahrer ausstieg und gegen eine Eisentür klopfte.

»Come out!«, sagte der Mann neben Levent.

Die Tür wurde geöffnet.

Levent drehte sich um und tastete sich mit den Füßen vor. Dann wurde er am Arm gepackt und aus dem Wagen gezogen. Er machte ein paar unsichere Schritte und spürte einen grasigen Untergrund. Dann wurde er grob weitergezerrt.

Plötzlich trat er auf festen Boden, Stein oder Beton, vermutete er. Es wurde etwas kühler und roch muffig. Eine Stahltür fiel zu.

Eine tiefe Männerstimme sagte etwas, das Levent nicht verstand, worauf ihm die Augenbinde abgenommen wurde.

»Wo bin ich?«, fragte Levent verwirrt und blinzelte, obwohl es nicht sehr hell war. Die große Halle war ziemlich düster, sodass er kaum etwas erkennen konnte. Als er sich umdrehte, bemerkte er einen Wandstrahler, der nach unten gerichtet war.

Er schrie entsetzt auf, als er Bilal erkannte, und erhielt prompt einen Stoß in den Rücken. Bilal und Lina waren immer noch an die Stühle gefesselt wie auf den Bildern, die sie am Morgen erhalten hatten. Sie hingen leblos in der Verschnürung, die aussah, als würde sie kein Blut zirkulieren lassen.

»Sind sie … sind sie tot?«, stammelte er und erschrak vor dem Hall seiner eigenen Stimme.

Erneut sagte der Mann etwas auf Arabisch, wie Levent vermutete. Er klang ruhig und souverän, mit einem eigentlich sehr angenehmen Bass in der Stimme. Ein Anführer, ein Mann mit guten Umgangsformen, wie Levent sofort erkannte.

Er wurde vorwärtsgeschoben, auf Bilal zu. Mehr stolpernd als gehend näherte er sich seinem Freund, der mit jedem Meter entsetzlicher aussah. Die Details waren auf den Fotos nicht so deutlich zu erkennen gewesen oder man hatte Bilal mittlerweile noch mehr zugesetzt, aber es sah nicht so aus, als bestünde noch Hoffnung, dass unter all den Blutergüssen, aufgeplatzter Haut und verkrustetem Blut noch Leben war.

Hinter Bilal und Lina standen zwei breitschultrige Männer, die allein durch ihre Größe einschüchternd wirkten.

Ein Mann trat in den Lichtschein vor Levent und näherte sich gelassen den beiden Gefesselten. Er trug einen eleganten schwarzen Anzug, der ihm offenbar auf den Leib geschneidert war. Hände und Haar wirkten wie frisch aus dem Salon. Er war groß und kräftig, hatte aber einen kugelig hervorstehenden Bauch, der nicht recht zu der ansonsten imposanten Erscheinung passte. Auch er war vermummt, doch anstelle einer Skimaske oder eines Schals trug er eine Art Zorro-Maske.

Lässig nahm er einen kleinen Eimer aus einer Ecke und kippte Bilal einen Schwall Wasser ins Gesicht.

Bilal zuckte zusammen und hustete.

»Bilal!«, rief Levent. »Du lebst!« Er trat einen Schritt vor.

»Pass jetzt gut auf«, sagte der Mann mit der Maske und hob die Hand, sodass Levent stehen blieb. Er packte Bilals Haare und zog seinen Kopf so brutal nach hinten, dass diesem der Mund aufklappte. Dann goss er mit der anderen Hand langsam Wasser über Bilals Gesicht, bis der Eimer leer war.

Die dumpfen Gurgellaute Bilals gingen nun in ein grauenerregendes Husten und Keuchen über.

Der Mann ließ ihn los und Bilals Kopf kippte schlaff nach vorne. »Ich lege Wert darauf, dass meine Pläne funktionieren«, sagte er, als würde er über das Wetter plaudern. »Es war eine ziemlich nervtötende Angelegenheit, euch bis zu diesem Punkt zu bringen. Deine Freunde stehen nun kurz davor, ihre Aufgabe zu erfüllen. Und auch du wirst die letzten Schritte gehen, ohne mir noch länger die Zeit zu rauben. Ansonsten ...« Er wies zu einem großen Plastikfass.

Levent sah ihn ratlos an.

»Wir haben noch sehr viel Wasser«, erklärte der Mann und klang nun etwas gereizt.

Ein Bewaffneter kam aus der Dunkelheit der Halle und reichte dem Mann im Anzug ein Handy. Dieser nahm es und lauschte wortlos.

»Ist der Iraker schon geflogen?« Nach einem kurzen Augenblick nickte er zufrieden. »Gut. Den Deutschen schickt ihr ihm gleich nach.«

Dann gab er einen Befehl, den Levent nicht verstand.

Bilal heulte auf.

Der Mann sah lächelnd zu Bilal. »Na, als Übersetzer taugt der im Moment wohl nicht.« Er gab ein Zeichen und zwei Männer traten hervor. Sie brachten eine Kamera auf einem Stativ mit, die Sie vor Bilal aufstellten. Ein anderer zerrte den Stuhl mit Lina aus dem Blickfeld, sodass Bilal allein im Fokus war. Hinter Bilal wurde eine IS-Flagge aufgespannt.

Als alles vorbereitet war, trat einer der Vermummten mit einem langen Messer vor, es sah aus wie eine Mischung aus Dolch und Machete. Er stellte sich hinter Bilal, packte dessen Bart und schabte ihn mit der Klinge ab. Bilal gab dabei nur ein Wimmer von sich, für Gegenwehr fehlte ihm scheinbar die Kraft.

»Es kann losgehen«, sagte der Anführer, als Bilal bartlos war. Ihm wurde erneut Wasser ins Gesicht geschüttet, diesmal jedoch, um ihn etwas abzuwaschen.

Der Maskierte reichte Levent einen Ausdruck. »Lies das vor«, sagte er.

Levent betrachtete den deutschen Text und schluckte.

»Fang sofort an, oder ich steche der Schlampe die Augen aus!«, brüllte der Anführer und nickte dem Kameramann zu.

»Im Namen Allahs, des Allerbarmers, des Barmherzigen …«, begann Levent langsam.

»Ja! Im Namen des Barmherzigen begeht ihr Verbrechen gegen die Menschlichkeit! Ihr seid nichts weiter als wilde Tiere!«, schrie Lina von der Seite.

»Stopp!«, schrie der Dicke genervt.

Einer der Wachleute schlug Lina seinen Gewehrkolben gegen den Kopf, woraufhin ihr Stuhl umkippte und sie auf die Seite fiel. Sie blieb bewegungslos liegen.

Der Anführer gab ein Zeichen, dass man sie wieder aufrichtete. Sie kam stöhnend zu sich.

Der Anführer nickte dem Kameramann wieder zu, dann Levent.

»Im Namen Allahs des Allerbarmers, des Barmherzigen,« begann Levent erneut, »lange genug seid ihr … Kreuzzügler mordend, brandstiftend und zerstörend durch die Länder der Muslime gezogen. Ihr dachtet … dass wir ewig … dazu schweigen würden und ihr in euren sicheren … Ländern in Ruhe eurem Leben nachgehen könnt. Jetzt bringen wir den Krieg in eure … Hauptstädte. Wir werden dort zuschlagen … wo ihr es am wenigsten erwartet. Ihr werdet euch in euren eigenen Ländern nicht mehr … sicher fühlen und in Ruhe … schlafen können. Es kann euch überall und jederzeit treffen. Eure Handlanger werden wir … jeden einzeln aufspüren und ihrer gerechten Strafe … zuführen. Es ist an der Zeit … ein Exempel zu statuieren.«

Der Anführer gab ihm ein Zeichen und Levent hielt inne. Angstschweiß lief ihm in die Augen und seine Stimme zitterte; er atmete hektisch.

Der schwarz Gekleidete machte eine ungeduldige Handbewegung, worauf einer der Wachmän-

213

ner die Personalausweise von Bilal und Lina in die Kamera hielt. Dann nickte er Levent erneut zu.

»Diese beiden Spione tragen die deutsche und britische Staatsbürgerschaft. Sie werden von den westlichen Ländern finanziert, um uns zu schaden. Doch wir ließen ihren Plan scheitern. Sie verstecken sich hinter Organisationen, die uns Schaden zufügen wollen. Heute wird der Schaden von uns abgewendet und ... das ist erst der Anfang ... eures Albtraumes.

»Takbir«, rief der dicke Mann und die Wachmänner um ihn antworteten mit einem lauten »Allahu Akbar!.«

Der Vermummte hinter Bilal hob nun wieder die Klinge, die er bislang hinter dem Rücken gehalten hatte, und setzte sie an Bilals Hals.

Levent stockte der Atem. Er wollte schreien, doch jemand hinter ihm legte ihm den Arm um den Hals und die Hand auf den Mund, sodass er keine Luft mehr bekam. Dann wurde Bilals Kopf mit einer schnellen Bewegung abgeschnitten und an den Haaren hochgehalten, während sein Körper etwas nach vorne kippte.

Levent wollte schreien, doch sein Hals wurde abgedrückt und ihm schwanden die Sinne.

Dann wurde er losgelassen und sackte zu Boden, stützte sich röchelnd und würgend auf allen vieren ab.

In die Umstehenden kam Bewegung, die Aufnahmen waren offenbar abgeschlossen. Levent sah aus tränenverschleierten Augen, wie ein großer Fernseher auf einem Rollwagen hereingebracht wurde. Er würgte und wollte nur noch schlafen – schlafen und vergessen.

Als das Bild erschien, lief ein Fußballspiel. Levent starrte fassungslos auf den Monitor und schüttelte sich. Dann rieb er sich die Tränen aus den Augen und schniefte, eine Rotzblase bildete sich, die er schluchzend abwischte.

Der Dicke in Schwarz sah amüsiert zu ihm rüber. »Komm schon, du verpasst das Beste«, sagte er und nickte zum Fernseher.

Einer der Stürmer versuchte die gegnerische Abwehr zu durchbrechen, scheiterte aber und verlor den Ball ... Dann bemerkte Levent den roten Lauftext am unteren Bildrand:

Explosion im Terminal 2 des Flughafens Heathrow: Es wird mit mehreren Toten und Verletzten gerechnet. Sondersendung folgt direkt im Anschluss an das Spiel ...

Der Dicke zappte sich mit der Fernbedienung zügig durch die Sender, aber nirgendwo liefen Nachrichten und während der anderen Sendungen wurde noch kein Text eingeblendet.

Als er gerade mit dem zweiten Durchlauf begonnen hatte, fand er eine Nachrichtensondersendung, in der ein aufgeregter Sprecher hektisch in die Kamera plapperte, was sie bereits im Lauftext erfahren hatten, lediglich um den Hinweis ergänzt, dass man noch nichts Genaueres wüsste sowie ein paar Spekulationen über die Hintergründe. Noch während der Sprecher sinnlose Vermutungen von sich gab, erschien unter ihm ein neuer Lauftext:

Explosion am Piccadilly Circus. Zahlreiche Tote und Verletzte …

Hinter dem Sprecher wurde nun ein wackeliges Video eingeblendet, das eine verwüstete Halle zeigte, in der schreiende Menschen herumrannten. Der Sprecher stockte und hielt offenbar Rücksprache mit seiner Redaktion.

»Deine Freunde waren großartig!«, rief der Dicke und hielt Levent einen hochgereckten Daumen entgegen.

»Hischam? Tareq?«, stöhnte Levent. Dann wurde ihm schwarz vor Augen.

»Siehst du? Alle berichten bereits darüber.«

Levent kam zu sich. Jemand trat ihm in die Seite, sein Gesicht war nass, seine Kleidung klebte ihm am Körper. Er rollte sich auf die Seite und versuchte, sich hochzustemmen, doch seine Arme versagten ihm den Dienst.

Der Dicke zappte zwischen verschiedenen Sondersendungen hin und her. Alle zeigten dieselben wackeligen Handyvideos von Gaffern, noch war scheinbar kein Fernsehteam vor Ort.

»Inzwischen wurde die Zahl der Todesopfer auf achtundzwanzig korrigiert«, rief eine aufgeregte Stimme. Offenbar war der Reporter in einem Hubschrauber, denn er musste den Motorenlärm übertönen. *»Die meisten unter ihnen waren Touristen, die ihre Heimreise antreten wollten, aber auch sieben Polizisten sind ums Leben gekommen, als sie versuchten, den Attentäter aufzuhalten, der mit einer Sprengstoffweste durch die Sicherheitskontrolle wollte. Die Zahl der Verletzten beläuft sich auf 68, darunter mehrere Schwerverletzte. Das Terminal zwei wurde weiträumig abgesperrt, die Passagiere werden auf die umliegenden Terminals umgeleitet ...«*

Der Dicke zappte erneut.

»... Piccadilly Circus, wo eine Bombe vor einem vollen Pub detonierte, während das Spiel Chelsea gegen Wolverhampton lief. Augenzeugen berichten, ein Mann sei in den Pub gelaufen und habe dann die Bombe gezündet, andere sagen, er sei auf der Straße herumgeirrt und angefahren worden, worauf es zur Explosion kam. Die Polizei ...«

Zap.

»Der Verkehr rund um den Piccadilly Circus ist völlig zum Erliegen gekommen. Wer mit dem Wagen unterwegs ist, sollte diese Gegend ...«

Zap.

»... schalten direkt zur Pressekonferenz des Innenministers, aber zunächst ...«

Zap.

»... und möchte ausdrücken, dass wir diese beiden Terroranschläge auf unsere friedliche Stadt auf das Schärfste verurteilen. Wir werden entschieden und hart zurückschlagen. Der IS hat sich zu diesen beiden Anschlägen bekannt. Ich möchte darauf hinweisen ...«

Der Dicke schaltete den Fernseher aus. Lächelnd wandte er sich an Levent: »Hast du das gehört? Die Idioten vom IS haben sich freiwillig dazu bekannt, das Video wäre gar nicht nötig gewesen.« Er lachte leise und schüttelte den Kopf. Dann gab er jemandem ein Zeichen und rief etwas. »Wir veröffentlichen es aber trotzdem, wozu sonst all die Mühe?« Er packte Levent, der immer noch auf dem Boden kauerte, und zerrte ihn hoch. Auf dem Fernseher lief nun das Video. Zu Levents Entsetzen war seine Stimme zu hören.

»Fawaz al-Assad!«, schrie Lina auf einmal.

Der Dicke zog sich die Maske ab. »Sieht aus, als wären wir aufgeflogen«, brummte er und grinste.

Nun legten auch die anderen Männer ihre Vermummung ab. Anstelle langbärtiger IS-Kämpfer sah man nun kurz geschorene Soldaten in schwarzen T-Shirts, deren Einheit auf ihre Oberarme tätowiert war. Einige hatten auch die syrische Flagge auf der Brust, einer sogar ein Porträt Assads mit dem Schriftzug *Mit Leib und Seele opfern wir uns für dich auf oh Baschar!* Auf seinem Unterarm zog sich ein zweischneidiges Schwert entlang.

Als der Mann Levents Blick bemerkte, trat er auf ihn zu und hielt ihm das tätowierte Schwert unter die Nase, als wollte er ihm damit den Kopf abschneiden.

Lina starrte ihn voller Abscheu an.

»Wenn Blicke töten könnten, was?«, feixte al-Assad.

Lina sprudelte etwas auf Arabisch heraus, das Levent nicht verstand, aber am Klang ihrer Stimme und al-Assads Gesicht konnte er ablesen, dass es ein Schwall Beleidigungen sein musste.

Dann wurde ihm mit einem Schlag klar, dass sie nun wussten, wer der Mann war. Irgendeiner von Assads Leuten, ein Verwandter vermutlich. Das bedeutete, dass sie sterben würden. – Wie Bilal.

Wie Hischam … und Tareq.

Levent wurde übel, sein Magen zog sich zusammen und er würgte, aber er unterdrückte den Wunsch, sich zu übergeben. Er hustete, räusperte sich und trat schwer atmend zur Seite, sich panisch nach einer Fluchtmöglichkeit umsehend. Nein, er war noch nicht bereit für den Tod. Er wollte unbedingt aufwachen und seinen Freunden sagen, dass er einen üblen Traum hatte und sie jetzt Fish and Chips essen gehen sollten.

Als der Dicke ihn fixierte, blieb er stehen und erwiderte dessen Blick.

»Hör nicht, was die Schlampe sagt«, meinte er versöhnlich zu Levent. »Es gab zwischen mir und Hafez Meinungsverschiedenheiten. Er wollte uns vollständig verbannen, was seinem Sohn Basil auch erfolgreich gelang. Doch als Basil bei einem, nennen wir es mal tragischen Autounfall ums Leben kam, bestieg sein schwacher jüngerer Bruder Baschar nach dem Tod seines Vaters den Thron und schon waren wir wieder zurück. Die Schabiha-Milizen sind der Machtgarant unserer Familie. Meinst du, unsere Familie würde es nach dem Ausbruch des Bürgerkrieges 2011 noch geben, wenn wir die Demonstrationen nicht unterbunden hätten?«

»Es war ein Massaker!«, schrie Lina in schlechtem Deutsch zu Levent.

Levent fragte sich, was sie sich davon versprach, wenn er verstand, was sie sagte. Dann sah er sich wieder um, ob nicht irgendwo …

Es gab ein dumpfes Geräusch und Lina verstummte wieder. Als Levent hinsah, lag sie wieder auf der Seite und rührte sich nicht.

Einer der Wachmänner schlug mit dem Messerstumpf gegen ihren Kopf, der von Neuem anfing zu bluten. Er wollte ihr wohl signalisieren, dass das keine Frage war, die sie zu beantworten hatte, sondern Fawaz selber. Er blickte zufrieden auf Lina herab.

»Dann kam das ganze Ungeziefer in das Land und wollte Syrien von der Assad-Familie befreien. So ging das hin und her und dann kam der IS und rief ein Kalifat aus. Ich möchte nicht sagen, dass wir den IS gegründet haben. Soweit würden wir nicht gehen. Diese Tiere halten uns Alawiten ja für vogelfrei. Aber ich möchte es mal so ausdrücken: Sie sind zu einem sehr günstigen Zeitpunkt gekommen und wir ließen sie gewissermaßen gewähren. Sie sind ja wie wilde Hunde auf die Rebellen losgegangen. Sie waren auch in anderer Hinsicht hilfreich. Denn begeht irgendjemand auf dieser Welt einen Anschlag, egal aus welchem Grund, und es kommt auch nur ansatzweise infrage, dass es das Werk des IS gewesen sein könnte, dann bekennen die sich dazu. Damit kann man wirklich gut arbeiten. Man kann seine Pläne verfolgen und diese Idioten nehmen freiwillig alles auf sich.« Er lachte und es klang wirklich amüsiert. »Aber der IS ist ein Geschwür, das sich nicht lange halten wird. Sie sagten zwar nach der verlorenen Schlacht in Mosul, sie hätten eine Stadt verloren, doch eine Generation gewonnen, aber so sind sie halt: Immer optimistisch. Tatsächlich sind ihre Tage gezählt und wir müssen uns beeilen, noch politisches Kapital aus ihnen zu schlagen.« Er strahlte, als hätte er gerade die Weltformel gefunden.

»Warum all das? Wieso musste Bilal sterben. Wieso mussten meine Freunde sterben? Unschuldige Zivilisten?«

»Oh, show must go on, ja? Der IS hat gerade ein kleines PR-Problem, da helfen wir aus. Ein starker IS bedeutet einstweilen starken Rückhalt für die Assads in der syrischen Bevölkerung, ja? Der IS zeigt den Syrern, wohin ein Weg ohne Assad führen kann. Und verzichten können wir auf den IS erst, wenn alle Rebellen tot sind. Alle unsere Gegner im In- und Ausland.« Er sah zu Lina. »Alle.« Er seufzte zufrieden. »Und ich möchte diesen Augenblick des Triumphs wirklich genießen«, sagte er und stellte seinen Fuß auf Bilals Rücken.

Er wartete und beobachtete Lina, die sich wieder regte. Auf ein Nicken von ihm richtete der Mann neben ihr sie wieder auf.

»Dieses Katz- und Maus-Spiel wird heute sein Ende finden. Du hast mich gejagt und ich habe dich gejagt und jetzt habe ich euch alle. Alle Beweise, die du gesammelt hast, sind bei mir. Ich werde sie in Ehren behalten und wenn ich alt und gebrechlich geworden bin, der syrische Bürgerkrieg vorbei ist und keiner mehr die Machtstellung unserer Familie anzweifelt, kehre ich in meine Heimat zurück und veröffentliche Memoiren und werde der Welt zeigen, wie wir den Westen vorgeführt haben. Ich trage diese Seiten immer bei mir. Diese Beweise werden mit mir zusammen begraben, sollte der Bürgerkrieg nicht enden und ich sterben. Das ist eine Art Testament an meine Nachfolger«, sagte er und lachte.

Dann wandte er sich wieder Levent zu: »Weißt du, wir hatten nicht einmal vor, euch zu involvieren. Wir wollten die beiden Verräter einfach nur enthaupten. Der IS hätte sich auch so dazu bekannt. Nachdem ihr Idioten aber so hartnäckig wart, mussten wir umdisponieren. Ja? Und weil ihr wirklich, wirklich nervtötende Idioten seid, mussten wir den Plan mehrfach ändern. Ihr habt mich wirklich sehr, sehr wütend gemacht. Aber …«, er warf theatralisch die Hände in die Luft, »ihr habt auch eine gute Show geliefert. Weißt du, was dein kopfloser Freund mir gestanden hat? Er wollte euch seine Freundin Lina vorstellen. Ja? Ich dachte all die Jahre, die SOHR wäre eine ernst zu nehmende Bedrohung, dabei haben sie Kinder rekrutiert, für die das alles nur ein Spiel war. Ja? Ein romantisches Spiel, wenn ich es richtig sehe. Oder? Lina?«

Sie sah angestrengt zu Boden. Blut lief ihr aus der Nase.

»Und nun ist alles perfekt: Die selbstradikalisierten deutschen Islamisten und ihr konvertierter Gesinnungsgenosse haben entdeckt, dass ihr Freund ein Verräter ist und für die SOHR arbeitet. Daraufhin haben sie seine Mitstreiterin unter einem Vorwand zu sich gelockt, die beiden verschleppt, gefoltert und enthauptet. Anschließend töteten sie sich mit Sprengstoffwesten selbst. Ein Klassiker, ja?« Er zwinkerte Levent zu, dann sah er wieder Lina an.

»Und was ist mit ihm?«, knurrte sie. »Wollt ihr ihn etwa auch enthaupten? Das würde euch zum Verhängnis werden, denn welchen Sinn macht es, dass seine beiden Freunde angeblich für den IS gestorben sind und er enthauptet wird?«

»Die Schlampe macht sich Gedanken über meinen Plan. Wie nett. Seine Stimme ist auf dem Video. Das genügt. Die Verbindung wird die Polizei schon herstellen, notfalls der Geheimdienst, wer auch immer das Video mit seinem Verhör bearbeiten wird, das in Kürze per Zufall auftauchen wird.« Er zwinkerte wieder Levent zu.

Der sah irritiert zu Boden. Dann fragte er gequält: »Was für ein Verhör?«

»Das, das deine anderen IS-Kameraden durchführen, um zu erfahren, wer der geheimnisvolle Fremde ist, der euch überallhin gefolgt ist. Ihr habt ihn während der Autofahrt erwähnt.«

»Den kenn ich nicht!«, rief Levent. »Wir dachten, der gehört zu euch. Und was für IS-Kameraden überhaupt?«

»Na ja, deren Part übernehmen wir. Also pass auf, ein Vorschlag zur Güte: Du sagst mir, wer der Kerl ist, und meine Männer hören auf. Ja?«

»Hören auf? Womit?«

Der Dicke rief etwas auf Arabisch worauf unter seinen Männern Johlen ausbrach. Lina kreischte und fluchte hysterisch.

Dann öffneten die Männer ihre Hosen, während ihr Bewacher grinsend ihre Fesseln löste.

»Mit dem, was ich ihnen zum krönenden Abschluss versprochen habe. Aber erst bei der zweiten Runde, ja? Die erste kann ich ihnen nicht verwehren. Ich habe es doch versprochen.« Mit einem provozierend freundlichen Lächeln hob er die Hände.

Levent keuchte. Als er in Linas Augen sah, der gerade die Fetzen ihres eigenen Hemdes in den Mund gestopft wurden, sprang er den Dicken an, doch noch bevor er ihn erreichte, wurde er herumgerissen und zu Boden geschleudert. Er landete schreiend auf der Schulter und trat nach dem Mann, der ihn erwischt hatte. Dieser tänzelte lachend um ihn herum. Nun gesellten sich auch einige der anderen dazu. Sie grölten und traten nach dem am Boden Liegenden, der sich auf dem Rücken hin- und herbewegte, um den Stiefeln zu entkommen. Verzweifelt versuchte er zu sehen, ob die Männer seinetwegen von Lina abgelassen hatten, aber er konnte zwischen den vielen Beinen nicht hindurchsehen.

Dann stürzte einer der Männer auf ihn. Der Aufprall presste Levent die Luft aus der Lunge. Panisch versuchte er, sich unter dem schweren Mann herauszuwinden, der wie ein Sack Kartoffeln auf ihm lag und sich nicht zu bewegen schien. Er bekam seinen Kopf zu packen und rutschte ab, weil dieser ganz glitschig war. Dann fiel neben ihn noch ein anderer zu Boden und noch einer.

Die übrigen Männer stoben auseinander, als die Scheiben barsten und von allen Seiten Befehle gebellt wurden. Es gab eine Explosion und einen grellen Lichtblitz, dann waberte Rauch durch die

Halle. Schwarz gekleidete Soldaten mit Helmen und Schnellfeuergewehren stürmten herein. Levent konnte in dem ausbrechenden Chaos nicht erkennen, was genau passierte, dann traf ihn etwas hart am Hinterkopf und er verlor wieder die Besinnung.

Kapitel 11

Samstag, 18.00 Uhr, King's College Hospital, London

Stöhnend schlug Levent die Augen auf. Behutsam versuchte er, die Arme zu heben, gab den Versuch aber gleich wieder auf.

»Ganz ruhig, Herr Arslan. Sie müssen sich noch schonen«, sagte jemand auf Deutsch und legte eine Hand auf seine Schulter.

»Wer …«, stöhnte Levent nur.

»Mein Name ist Doktor Krüger, ich bin ein Mitarbeiter der deutschen Botschaft. Sie sind im Krankenhaus. Keine Sorge, es geht Ihnen gut, aber sie haben einen heftigen Schlag gegen den Kopf bekommen.«

»Wie geht es meinen Freunden?«, presste Levent hervor.

Dr. Krüger schwieg eine Weile. »Frau Awwad geht es den Umständen entsprechend gut. Sie wird überleben, wenn Sie das meinen. Ansonsten … ansonsten sind Sie der einzige weitere Überlebende.«

»Es ist also alles wahr, es ist wirklich geschehen?« Levent schrie gequält auf und strampelte mit den Füßen.

Dr. Krüger drückte seine Beine nieder. »Beruhigen Sie sich. Sie haben Traumatisches erlebt, darum muss sich ein Therapeut kümmern, aber erst müssen Sie wieder gesund werden. Transportfähig. Sie sind noch in London …«

Levent weinte leise vor sich hin. Das Zucken seines Körpers ließ langsam nach.

Als er sich etwas beruhigt hatte, fragte er: »Was ist mit Lina? Wie geht es ihr?«

»Lina geht es, wie gesagt, ganz gut. Sie ist im Nebenzimmer. Ihre seelischen Narben werden wohl größer sein, als die körperlichen. Ihr Gesundheitszustand ist stabil, doch sie wird auch ihre Zeit brauchen, bis sie das alles verarbeitet hat. Die Spezialeinheit konnte Fawaz al-Assad übrigens lebend festnehmen, wenn Sie das beruhigt. Er wird sich vor Gericht verantworten müssen.«

»Was ist mit …« Levent hustete und Dr. Krüger reichte ihm ein Glas Wasser.

»Was ist mit den Dokumenten?«, sagte er endlich. »Es müsste Dokumente geben, die ihn belasten. Konnte man die sicherstellen?«

»Davon weiß ich nichts. Überlassen wir diesen Teil der Arbeit den Sicherheitsbehörden. Sobald Sie wieder fit sind, werden Sie nach Deutschland gebracht. Ich weiß nicht viel, aber man wird gut auf Sie aufpassen, denn Sie sind ein Kronzeuge.

Unabhängig davon, ob es irgendwelche Beweise gibt oder nicht, werdet ihr wohl Kronzeugen sein.«

»Oh«, sagte Levent nur und schloss erschöpft die Augen.

»Das klingt schlimmer, als es ist.«

»Nein …«

»Da ist übrigens noch jemand, der Sie sprechen möchte. Kann ich …«

»Wer?«

»Ein deutscher Journalist, der …«

»Nein, auf keinen Fall …«

»Es ist nicht so, wie sie denken. Sie verdanken ihm Ihr Leben. Er war es, der die Sicherheitsbehörden verständigt hat.«

Levent starrte einen Moment an die Decke. »Wir hatten Tim eine Nachricht gegeben …«

Dann fiel Levent ein, dass die Smartphones und der Notizblock vor ihren Augen von einem der Männer Assads geklaut wurden, ehe Tim reagieren konnte. *Deren Mann hat unsere Beweise entwendet. Der Typ, den wir anfangs für einen Agenten oder so hielten.*

»Dem Mitarbeiter des Hostels? Ja, der hat sich auch gemeldet, aber bedauerlicherweise wurde er nicht ernst genommen. Herr Römer jedoch ist ein bekannter deutscher Investigativjournalist. Als er die deutsche Botschaft kontaktierte, reagierte man sofort und wandte sich an die britischen Behörden. Sie kamen ja wohl gerade noch rechtzeitig.«

Levent schloss stöhnend die Augen.

»Und? Empfangen Sie ihn?«

»Natürlich, muss ich ja wohl.« Levent versuchte sich aufzusetzen, doch Dr. Krüger hielt seine Schulter fest.

»Nicht, bleiben Sie einfach liegen.«

Dr. Krüger öffnete die Tür. Herein kam der Mann, der sie seit ihrer Landung in London auf Schritt und Tritt beobachtet hatte.

Das ist er! Unser Agent! Das ist einer der Männer Assads! Der hat unsere Beweise vom Tresen entwendet! Ruf sofort die Polizei, wollte Levent schreien, doch seine Stimme versagte.

Kapitel 12

80 Stunden zuvor, Flughafen Schönefeld

»Schatz warte mal kurz. Am Check-in ist gerade etwas Gerangel, ich höre dich nicht so gut. Ich melde mich gleich wieder«, sagte Felix und trat näher an die Menschentraube ran.

Ein junger Mann mit südländischem Aussehen wehrte sich heftig gegen die Fragen des übergewichtigen Sicherheitsbeamten. Wenn Felix' Arabischkenntnisse ihn nicht täuschten, waren da einige Bücher von Sayyid Qutbs Buch *Im Schatten des Koran* in einem der Ablagekörbe für die Sicherheitskontrolle zu sehen. Seine Arabischkenntnisse waren zwar nach dem Studium der Islamwissenschaften etwas eingerostet, doch der Autor und der Titel waren ihm gewiss nicht fremd.

Merkwürdig. Ach ja, jetzt wird es interessant, dachte er sich, als alle drei auf einmal anfingen den Sicherheitsbediensteten anzuschreien. Warum ließ er der denn jetzt einfach so gehen? Und schon liefen sie weg. Das durfte doch nicht wahr sein. *Die werde ich mir näher ansehen*, dachte sich Felix und hielt sich ran.

Nachdem er minutenlang vor der Passkontrolle warten musste, weil der Ruhigere in dieser Vierergruppe ordentlich durchgemustert wurde, dämmerte es ihm nach der Passkontrolle, dass sie sich in dieselbe Reihe angestellt hatten. Er würde mit diesen Chaoten zusammen nach London fliegen. Er trat näher, um ihre Namen herauszufinden. Den mit dem deutschen Aussehen nannten sie Tareq.

War das etwa ein Bosnier? Ah und der an der Passkontrolle heißt wohl Hischam. Levent höre ich noch.

Felix stand mit dem Rücken zu ihnen, sodass sie ihn nicht sehen konnten, doch er konnte sie jetzt gut hören.

Der türkische Osama Bin Laden? Das hätten sie lieber nicht so laut sagen sollen. Das ist überhaupt nicht witzig. Ich werde mal die Namen unseren Informanten durchgeben. Namen und Flugnummer habe ich. Der soll mir mal herausfinden, wer die sind.

Aber zuvor musste er noch mit seinem Chef darüber sprechen.

***

Drei Stunden später auf dem Stansted Airport in England, rief Felix nach der Passkontrolle sofort seine Redaktion an: »Hör mal, Chef. Ich möchte mich kurzfassen. Ich denke, dass ich möglicherweise an einer interessanten Story dran bin.«

»Deswegen rufst du mich so früh an? Worum geht's?«

»Nur so viel: Eine Gruppe von vier jungen Männern. Hischam, Tareq, Levent und Bilal, wobei Tareq mit bürgerlichem Namen Jan heißt, er ist also Konvertit.«

»Ja und? Was soll daran so interessant sein?«

»Beim Check-in habe ich verbotene dschihadistische Literatur gesehen. Kannst du dir das vorstellen?«

»Hör mal, Felix. Wenn du der Meinung bist, dass von ihnen eine unmittelbare Gefahr ausgeht, dann musst du das sofort den Sicherheitsbehörden melden. Spiel mir bloß nicht den Helden da drüben.«

»Nein, keine Sorge. Die sind alle sauber. Mein Informant sagte mit, dass die nicht vorbestraft sind. Gerade dieses Profil machen sich aber einige gewaltbereite Gruppen zunutze, um Anschläge zu planen. Die bewegen sich unter dem Radar. Es ist nur ein erster Verdachtsmoment, mehr nicht. Ihr Rückflug ist bereits in drei Tagen. Ich bin ja eh in London und der andere Job beginnt frühestens in einer Woche. Ich habe nichts zu verlieren. Ich will die Jungs etwas im Auge behalten und beobachten. Du weißt doch. Man weiß nie.«

»Das hörte sich etwas verwirrend an, aber ich verstehe schon, worauf du hinaus willst. Du weißt sehr gut, dass wir investigativen Journalismus betreiben und keinen Sensationsjournalismus. Wir planen unsere Aktionen lange im Voraus. Wir haben einen guten Ruf zu verlieren, deswegen kann ich dir deine Hauruck-Aktion nicht genehmigen. Dafür fehlen einfach stichhaltige Beweise. Die Unschuldsvermutung gilt auch für sie. Ich kann sowas nicht verantworten. Was du aber in deiner Freizeit machst, interessiert mich nicht. Konnte ich mich deutlich genug ausdrücken, Felix?«

»Ich denke schon. Ich wittere eine Story. Ich werde hier meine Aufnahmen machen und sie euch nach drei Tagen zusenden. Wenn sie wieder zurück sind, kann ja einer der Kollegen hin und wieder mal die Jungs im Auge behalten.«

»Das habe ich alles nicht gehört und dieses Gespräch hat nie stattgefunden. Pass auf dich auf, Felix!«

»Das werde ich. Wir bleiben in Kontakt.«

Kapitel 13

Samstag, 18.30 Uhr, King's College Hospital, London

»Sagen Sie mal, geht's noch?«, schnaufte Levent. »Einen ersten Verdachtsmoment gehabt. Haben Sie uns für eine Schläferzelle gehalten, oder was?« Levent war erschöpft und konnte nur noch flüstern.

»Ich war lange auf dem Holzweg und dachte, ich sei tatsächlich den ungeschicktesten Terroristen aller Zeiten über den Weg gelaufen.«

»Wieso haben Sie uns fotografiert?«, hauchte Levent. »Ich dachte, dass Sie zum IS gehören und dann später, dass sie zu Assads Männern gehören, um Beweisfotos gegen uns zu sammeln.«

»Ja, das tut mir leid. Das war unprofessionell. Keine Ahnung, was mich da geritten hat. Aber ehrlich gesagt sahen Sie zum Brüllen aus in Ihrem Aufzug. Sie erinnerten mich an die Hauptdarsteller von dem Film *Four Lions*, verstehen Sie?«

Doch Levent war eingeschlafen.

»Gehen Sie lieber«, meinte Dr. Krüger. »Sie können ihm das ein andermal erzählen.« Er sah den Journalisten an. »Oder haben Sie Angst, dass er Ihnen für die Aktion eine knallt, wenn er wieder fit ist?«

Felix Römer grinste verlegen. »Ich stehe etwas blöd da, was?«

»Kann man so sagen. Woher wussten Sie eigentlich, wo die steckten?«

»Das wusste ich gar nicht. Ich habe lediglich die gelöschten Nachrichten auf WhatsApp wiederhergestellt. Danach habe ich die deutsche Botschaft benachrichtigt. Die britische Polizei hat die Smartphones sichergestellt und wahrscheinlich lokalisiert, woher die Nachrichten verschickt wurden. Vielleicht haben sie auch Levents Smartphone lokalisiert. Der hatte ja sein Handy noch bei sich. Wer weiß es schon so genau.«

»Das muss ja für Sie ein unfassbares Aha-Erlebnis gewesen sein, als Sie durch den Chatverlauf erkannten, dass die Jungs nicht Täter sondern Opfer waren und dass sie sich in großer Gefahr befanden.«

»Stimmt. Da erkannte ich, warum die Jungs die Wohnung in Brand gesetzt hatten. Das erklärte praktisch alles. Auch, warum sie erst ein Haus anzünden und dann die Bewohner warnen. Es war einfach verrückt.«

»Und jetzt wollen Sie Ihre Story mit dem Interview des einzigen Überlebenden Ihrer Story krönen?«

Der Journalist sah den Arzt bittend an. »Verurteilen Sie mich nicht. Ich mache nur meinen Job.«

Dr. Krüger verschränkte die Arme und wiegte sachte den Kopf hin und her. »Ich kann das nicht beurteilen. Aber ich denke, es ist besser, wenn Sie mit dem nächsten Gespräch warten, bis Herr Arslan genesen und wieder in Deutschland ist.«

»Sicher, kein Problem. Ich habe es nicht eilig. Ich wollte mich tatsächlich nur mal vorstellen und sehen, wie es ihm geht. Wissen Sie … es wird noch eine ganze Weile dauern, bis der Artikel erscheinen kann. Es sind noch viele Recherchen nötig. Das ist schließlich eine ziemlich große Sache, die muss gut vorbereitet sein. Bis zuletzt wusste niemand, dass dieser Mann, der unter falschen Namen ein unbehelligtes Leben in London führte, in Wahrheit ein Cousin von Baschar al-Assad ist. Diese Erkenntnis wird die Flüchtlings- und Außenpolitik sowie die internationalen Beziehungen der EU grundlegend verändern. Wie groß und einflussreich Fawaz' Rekrutierungsring in der EU tatsächlich ist, lässt sich ja noch gar nicht sagen. Es wird Monate wenn nicht Jahre in Anspruch nehmen, das aufzudecken und zu klären. Ich hoffe«, fügte er leise hinzu, »dass Levent und ich bis dahin Freunde werden können.«

Kapitel 14

Drei Jahre später …

Vor dem Gerichtsgebäude des Internationalen Strafgerichtshof in Den Haag reihte sich Übertragungswagen an Übertragungswagen. Journalisten aus der ganzen Welt waren gekommen, um über die Urteilsverkündung im spektakulären Prozess gegen den ehemals ranghohen Offizier Fawaz al-Assad zu berichten.

Ein deutsches Kamerateam hatte sich seitlich des Gebäudes aufgebaut und interviewte gerade den Mann der Stunde: »Herr Römer, Sie waren der erste Journalist, der über diesen Fall berichtete. Dieser Fall machte Sie weltweit bekannt und Sie gewannen mehrere internationale Preise. Wie fühlen Sie sich jetzt, nach der Urteilsverkündung? Kann man sagen, dass Sie endgültig einen Strich unter dieses Kapitel gezogen haben?«

»Das ist schwer zu sagen. Ich freue mich im Moment einfach nur riesig für die Menschen, denen durch dieses Urteil Gerechtigkeit widerfährt. Auch wenn es ihre Angehörige nicht mehr zurückbringen kann, wird das eine Art Genugtuung für sie sein. Fawaz al-Assad ist nicht mehr der Jüngste, die kriminellen Strukturen, die er im Dienste seines Cousins einsetzte, gründete er bereits Mitte der Siebzigerjahre in Syrien. Seinen Auftrag, sie bis nach Europa auszubauen, hat er leider gut erfüllt. Wir können froh sein, dass ihm das Handwerk gelegt wurde. Die Anklage und Verurteilung Fawaz al-Assads ist ein Meilenstein in der internationalen Terrorbekämpfung. Hier wurde nicht nur irgendein Handlager einer kriminellen Organisation schuldig gesprochen, sondern der Cousin eines amtierenden Diktators. Ich hoffe, das hat Signalwirkung für all jene, die solche Strukturen auf europäischem Boden aufbauen wollen. Dadurch wurde zwar der syrische Bürgerkrieg nicht gestoppt, aber es zeigt, dass man sich als Schurkenstaat nicht alles erlauben kann.«

»Wie konnten diese Strukturen über all die Jahre im Herzen Europas unbemerkt gedeihen? Es ist ja nicht der Arbeit der Geheimdienste zu verdanken, dass diese zerstört wurden.«

»Darauf muss man erst einmal kommen. Das, was in Irak geklappt hatte, sollte auch in Syrien klappen. Niemand würde einen Zweifel hegen, dass es den IS wirklich gibt, aber dass man ihn so instrumentalisieren kann, hätte wohl keiner gedacht. Die Organisation von Fawaz al-Assad hat den IS dafür genutzt, unliebsame Oppositionelle im Namen des IS zu ermorden und nicht nur das. Fawaz al-Assad verstand es gut, hin und wieder dosierte False-Flag-Aktionen im Namen des IS auszuführen, um so zwei Dinge zu erreichen: sowohl die syrische Opposition in Europa mundtot zu machen als auch den Menschen zu zeigen, dass es keine brauchbare Alternative zu Assad gab. Sie wollten den Menschen nur die Wahl zwischen Pech und Schwefel lassen.«

»Vielen Dank, Herr Römer. Wir berichten live vom Gerichtsgebäude des Internationalen Strafgerichtshofes, wo Fawaz al-Assad vor wenigen Minuten schuldig gesprochen wurde. Zurück ins Studio ...«

Lebenslänglich für Fawaz al-Assad

Heute vor drei Jahren gelang es dem Special Air Service *in einer spektakulären Befreiungsaktion, die Geiseln zu befreien, Fawaz al-Assad lebend zu fassen und wichtige Dokumente sicherzustellen. Diese Dokumente erheben schwere Vorwürfe gegen den ehemals ranghohen Offizier, wonach er nicht nur Söldner in die Kriegsgebiete rekrutiert haben soll. In mehreren sichergestellten Korrespondenzen gelang es dem britischen Geheimdienst festzustellen, dass er im Jahre 2013 mit der Idee warb, den IS in Syrien frei gewähren zu lassen, um den Bürgerkrieg in eine andere Richtung zu lenken. Diese Verbrechen sollten alles davor Gesehene an Brutalität in den Schatten stellen. Keiner sollte mehr über die Verbrechen des Regimes sprechen und das Volk sollte die Assad-Familie als geringeres Übel betrachten.*

Es gab große Kritik vom syrischen Präsidenten gegen die Auslieferung seines Cousins an den Internationalen Strafgerichtshof. Fawaz al-Assad konnte deswegen ausgeliefert werden, weil er für zahlreiche Massaker verantwortlich ist.

Am 26. Juni 1980 gab es ein Attentat gegen den damaligen syrischen Präsidenten Hafiz al-Assad, das er überlebte. Einen Tag später ließ sein Bru-

der Rifaat al-Assad ein Massaker im Tadmur-Gefängnis anrichten, bei dem um die 800 Gefangene getötet wurde. Fawaz al-Assad war mit seinen Schabiha-Milizen an diesem Massaker nachweislich beteiligt und für den Tod von mindestens 300 Insassen verantwortlich.

1982 gab es ein regelrechtes Massaker in der Stadt Hama, bei dem, Schätzungen zufolge, um die 30.000 Zivilisten ums Leben kamen. Fawaz al-Assad hat auch bei diesem Massaker nachweislich seine paramilitärischen Schabiha-Truppen auf mehrere Stadtteile angesetzt und die Stadt umstellt. Jeder, der flüchten wollte, wurde auf seinen Befehl hin niedergeschossen.

Ein noch grausamerer Bericht legt offen, dass er selbst von Europa aus ein Massaker angeordnet hat. Am 26. Mai 2012 drangen Schabiha-Milizen in die Gemeinde Hula ein, die 25 km nordwestlich der Großstadt Homs liegt. Bei diesem Massaker wurden 49 Kinder, 34 Frauen und 25 Männer aus nächster Distanz in ihren eigenen Wohnungen erschossen. 300 Schwerverletzte überlebten das Massaker. Die syrische Regierung schob die Verantwortung mal den Rebellen, mal al-Qaida in die Schuhe, doch nach jahrelanger Aufarbeitung und vielen Beweisen, die bei der Geiselnahme sichergestellt werden konnten, wurde zweifelsfrei bewiesen, dass dieses Massaker auf das Konto von Schabiha-Milizen geht.

Die Liste seiner Verbrechen ist lang. Im aktuellen Bürgerkrieg, der seit 2011 andauert war er für die Rekrutierungen von Europa in die syrischen Kriegsgebiete verantwortlich. Er finanzierte die Söldner unter anderem mit einem der größten Drogenringe Europas, der gleichzeitig mit seiner Festnahme zerschlagen wurde. Weiterhin ließ er nach Europa geflüchtete Oppositionelle ausspähen. Wenn es auch nur einen Verwandten 10. Grades gab, der immer noch in den vom Regime kontrollierten Gebieten lebte, dann wurde diese Person als Druckmittel benutzt und gefoltert, in vielen Fällen auch getötet, um die in Europa lebende syrische Opposition mundtot zu machen.

Assads Geheimdienstapparat und seine Schabiha-Milizen reichen weit über die Grenzen Syriens hinaus. Vom IS war es bekannt, dass sie viele Kämpfer aus Europa rekrutierten, doch der syrische Geheimdienst operierte im Geheimen und fiel bis zuletzt nicht auf. Dieser Tatsache war sich Fawaz al-Assad bewusst und nutzte immer wieder Anschläge und Attentate, die er im Namen des IS ausführte und somit die Ermittlungen in die falsche Richtung lenkte.

Erst durch die vorbildliche Aufklärungsarbeit des SOHR und vor allem den mutigen Einsatz von Lina Awwad und ihrem verstorbenen Milchbruder Bilal wurden die gesamten Strukturen innerhalb Europas aufgedeckt und dokumentiert. Dieses Dokument, das mir zu dem Zeitpunkt vorlag und über das ich bereits berichtete, liest sich wie die Anleitung zum systematischen Morden, ohne dabei selber ins Visier der Ermittlungen zu geraten. Vieles wurde gesagt und dennoch lässt uns dieses Ereignis sprachlos und ratlos zurück.

Ich konnte in Den Haag Lina und Levent treffen, die die einzigen Überlebenden der Geiselnahme sind und zu denen ich auch über die Jahre eine innige Freundschaft aufgebaut habe. Sie haben es geschafft, trotz der traumatischen Ereignisse in London ihren Weg weiterzugehen. Lina ist weiterhin in der syrischen Oppositionsbewegung aktiv und hat sich trotz aller Geschehnisse nicht abschrecken lassen diesen Weg fortzusetzen. »Jetzt erst recht«, sagte sie bereits ein Jahr nach den tragischen Anschlägen in London in einem Exklusivinterview mit mir auf die Frage, ob sie weiterhin in der Oppositionsbewegung aktiv sein wolle. Levent machte sehr früh deutlich, dass er damit nichts mehr zu tun haben wolle und es vorziehe, einem einfachen Leben nachzugehen, auch wenn *er verstehen könne, dass Lina für sich entschied, diesen Weg fortzusetzen. Vor acht Jahren gründete sie eine Stiftung, der sie den Namen ihres Milchbruders gab und die sich bis heute für die Opfer der Verbrechen des syrischen Regimes einsetzt.*

Dieses Ereignis hat uns vieles gelehrt, unter anderem, dass uns in Europa das menschliche Leid in anderen Ländern nicht egal sein darf und dass, ganz gleich wie sehr man dem Gedanken unterliegt, dass ein gewaltsamer Konflikt uns nichts angeht, uns schmerzhaft verdeutlicht wurde, dass solche Konflikte immer auf die eine oder andere Weise nach Europa schwappen.

Liebe Leser, zuletzt möchte ich eindringlich an Sie alle appellieren: Wenn wir aus den ganzen Konflikten weltweit etwas für uns mitnehmen können, dann ist es die furchtbare Erkenntnis, dass der Mensch dem Menschen ein Wolf ist. Lassen Sie uns gemeinsam in Zeiten, in denen die Gesellschaft immer weiter auseinander gerät, unsere Menschlichkeit bewahren. Lassen Sie uns den Spaltern unter uns eine ganz klare Absage erteilen. Lassen Sie uns die Stimme der Vernunft erheben. Lassen Sie uns daran arbeiten, die Konflikte im Dialog zu lösen. Eine andere Welt als diese haben wir nicht.

Felix Römer

> **Im Gedenken**
> **an die Opfer**
> **des syrischen**
> **Bürgerkrieges.**

Weltweit erster Prozess wegen Kriegsverbrechen in Syrien beginnt

Zwei mutmaßliche Handlanger des syrischen Machthabers Baschar al-Assad stehen in Koblenz vor Gericht. Dem Hauptverdächtigen wird 58-facher Mord vorgeworfen.

ZEIT ONLINE, 23.04.2020

Anhang

Schabiha-Miliz

Der Ursprung des Begriffes *Schabiha* ist bis heute nicht eindeutig geklärt. Eine Erklärung ist, dass der *Mercedes S600* früher in Syrien *Schabah* genannt wurde. Weil die gefürchteten Kriminellen, die erste Generation der *Schabiha-Milizen*, in diesen Autos in schwarzer Farbe und ohne Kennzeichen zu ihren Operationen fuhren, nannte man sie nach diesen Fahrzeugen. Sie schlugen schnell zu und verschwanden auch schnell. Sie agierten außerhalb des Gesetzes und ihre Gräueltaten wurden von Damaskus nie zur Rechenschaft gezogen, als wären diese Verbrechen von Geisterhand geschehen.

Die *Schabiha-Milizen* stammen mehrheitlich aus dem nordwestlichen Gebirgsregionen der Bekaa-Ebenen Latakia, Banyas und Tartus. Anfänglich waren sie eine Schmugglerbande aus der Hafenstadt Latakia, die aus armen Alawiten bestand. Sie benutzten den *Mercedes S600*, weil er genug Stauraum hatte, um Elektrogeräte vom Libanon nach Syrien zu schmuggeln. In der Küstenstadt Latakia waren sie nicht nur für den Schmuggel bekannt, sondern auch für Schutzgelderpressungen und ihre Drogen- und Prostituiertenringe.

Als das syrische Regime 1976 in Libanon intervenierte, begannen diese Kriminellen elektronische Geräte, Tabak, Drogen, Alkohol, Antiquitäten und Autos ins Land zu schmuggeln, womit sie ein Vermögen anhäuften. Durch die ethnische Zugehörigkeit zur größtenteils alawitischen Elite des Landes genossen sie Immunität und den Schutz des von der *Baath*-Partei geführten Regimes.

Aus diesen mafiösen Strukturen ist im Laufe der Zeit eine paramilitärische Einheit entstanden. Das Regime nutzte sie als Stoßtrupp, der die dreckigen Arbeiten erledigten. *Schabiha-Milizen* waren nicht identifizierbar, rasten mit ihren schwarzen *Mercedes*-Konvois ohne Nummernschilder durch die Stadt und verbreiteten Angst und Schrecken in der Bevölkerung.

Während die Schabiha-Milizen das Volk terrorisierte, verhielt sich auch der Staat nicht anders gegenüber seinen Nachbarländern. Syrien intervenierte im Libanon und baute seine Macht auf Sektiererei auf. Bis 2005 waren die Syrer mit einer übermächtigen Armee anwesend und mussten erst nach großen Unruhen ihr Militär abziehen, was nicht bedeutet, dass sie keinen Einfluss mehr auf den Libanon hätten.

Hafez al-Assads Bruder Rifaat, der für die Gründung der *Schabiha-Milizen* verantwortlich ist, war direkt an dem Massaker in der Stadt Hama im Jahre 1982 beteiligt, bei dem schätzungsweise 30.000 Zivilisten ermordet wurden. Viele weitere Massaker an der eigenen Bevölkerung gehen auf sein Konto zurück. Es gab zaghafte Versuche Hafez al-Assads, den Einfluss der *Schabiha-Milizien* einzudämmen. Als Basil al-Assad, der Bruder von Baschar al-Assad, Anfang der Neunzigerjahre eine Kampagne gegen sie startete, starb er 1994 plötzlich bei einem Autounfall. Man kann aber nicht wirklich von ernsthaften Bemühungen oder Machtkämpfen sprechen, denn man darf nicht vergessen, dass der Assad-Clan selber diese paramilitärische Einheit der *Schabiha-Milizen* ins Leben rief.

Nach Amtsantritt von Baschar al-Assad im Jahre 2000 verschwanden sie weitestgehend von der Bildfläche, doch insgeheim sind sie nie aufgelöst worden. Erst mit Ausbruch des syrischen Bürgerkrieges im Jahre 2011 tauchten sie wieder offensiv in Massen auf und sind für viele Massaker im aktuellen Konflikt verantwortlich. Während die Armee die oppositionellen Gebiete zerbombt, stürmen die *Schabiha*-Truppen anschließend die verwüsteten Städte und bringen das zu Ende, was der Bombenhagel verschont hat.

Früher gab es bei ihnen keinen Einheitslook, doch heute kann man die *Schabiha-Milizen* an gewissen

Merkmalen erkennen. Sie haben nicht selten kahl geschorene Köpfe, lange buschige Bärte, und oftmals das Bild von Baschar al-Assad auf den Oberarm tätowiert. Es sind keine Intellektuellen, sie werden von Kleinkriminellen rekrutiert, die unmittelbar den Anweisungen des Assad-Clans unterstehen.

Terrormiliz IS

Sie wurde im Jahre 2003 gegründet, in dem Jahr, als Saddam Hussein im Irak gestürzt wurde. Sie versuchten das Machtvakuum, das Hussein hinterließ, mit Terror und Gewalt auszufüllen.
Anfänglich war die Organisation als *Al Kaida im Irak* (AQI) bekannt, ab 2007 dann als *Islamischer Staat im Irak* (ISI). Ab 2011, mit Ausbruch des syrischen Bürgerkrieges, hießen sie dann *Islamischer Staat im Irak und Syrien* (ISIS). Bis 2013 gab es Verbindungen zu *Al Kaida*, bis sich der IS dann von *Al Kaida* löste und im Jahre 2014 offiziell vom Nachfolger Osama Bin Ladens, dem ägyptischen Chirurg Aiman az-Zawahiri ausgeschlossen wurde.
Seit der Gründung wurde ein Teil der IS-Spitze auch von einer Gruppe ehemaliger Geheimdienst-

offiziere aus der Ära Saddam Husseins besetzt und geführt.

Der IS kämpft im aktuellen syrischen Bürgerkrieg gegen alle Oppositionsgruppen als auch gegen das Baath-Regime. Abu Bakr al-Baghdadi gilt als selbst ernannter Kalif dieser Terrororganisation. Er wurde am 27. Oktober 2019 im syrischen Dorf Barischa von einer US-Spezialeinheit überrascht, woraufhin er sich in einem Tunnel in die Luft sprengte. Mehr als 120 muslimische Gelehrte weltweit haben sich in einem offenen Brief von Abu Bakr al-Baghdadi und seiner Terrororganisation distanziert. Der IS finanziert sich durch Erdöl, Raub, Lösegeldforderungen, Sklaverei, Spenden und Steuern.

Der Terror des IS geht weiter über den Irak und Syrien hinaus. Der Nachbarstaat Türkei wird immer wieder von Terroranschlägen des IS heimgesucht, aber sein Netzwerk erstreckt sich über den ganzen Globus. In regelmäßigen Videobotschaften stachelt der IS fanatische Anhänger im Westen dazu auf, auf irgendeine Weise der Zivilbevölkerung Schaden zuzufügen. Es bleibt nicht nur bei bloßen Lippenbekenntnissen, der IS rekrutiert nicht nur Kämpfer auf europäischem Boden, sondern verübt dort auch immer wieder Anschläge. Der Anschlag vom 19. Dezember 2016 auf einen

Berliner Weihnachtsmarkt am Breitscheidplatz zeigt, wie groß und konkret die Bedrohungslage ist. Der IS führt eine sogenannte *Todesliste* in jedem dieser Länder, auf der auch Namen in Europa lebender syrischer Oppositioneller stehen.

Der IS wurde vorerst militärisch besiegt, doch bekennende IS-Anhänger rufen immer wieder die Parolen, dass sie die Schlacht verloren aber dafür eine ganze Generation gewonnen hätten. Um zu wissen, was damit gemeint ist, reicht ein Blick in das Gefangenenlager al-Hol im Norden Syriens, wo tausende IS-Frauen mit ihren Kindern gefangen gehalten werden. Über die Jahre haben sich in diesem Lager Parallelstrukturen aufgebaut, sodass diese Frauen weiterhin nach dem Verständnis des IS Patrouillen in der Zeltstadt durchführen und die Frauen auf Bekleidungsvorschriften und weitere Dinge hinweisen. Viele andersdenkende Frauen wurden von ihnen bereits im Lager getötet. Tausende Kinder, die in diesen Zuständen leben und keine reguläre Schule besuchen, wachsen mit dem Gedankengut des IS auf. Auch auf irakischer Seite führt die Isolation der IS-Kinder seitens der irakischen Behörden dazu, dass sie sich weiter radikalisieren.

Dieser Teufelskreislauf führt dazu, dass die Anhänger des IS immer wieder anmerken, dass sie die Schlacht verloren, aber dafür eine ganze Generation gewonnen hätten. Es liegt in der Verantwortung der internationalen Staatengemeinschaft, die Verbrechen der noch lebenden IS-Kämpfer aufzuklären und den Kindern ein entsprechendes Programm zur Resozialisierung anzubieten.

Über 1000 Extremisten haben sich aus Deutschland dem IS angeschlossen. Inzwischen sind ca. ein Drittel dieser teilweise kampferprobten Kämpfer zurück und werden von den Sicherheitsbehörden genauestens beobachtet. Viele sind in den Kriegsgebieten gestorben und fast ein weiteres Drittel dieser deutschen IS-Kämpfer befindet sich in Syrien und im Irak in Gefangenschaft.